ただの文士　父、堀田善衛のこと

ただの文士

父、堀田善衛のこと

堀田百合子
Yuriko Hotta

岩波書店

逗子，なぎさホテルの庭で，1952-53 年ごろ

パリ，ファミリー・ホテル前，1965年

はじめに

父・堀田善衞が亡くなって二〇年、折々求められるままに父の思い出と付き合ってまいりましたが、思い出の底に、何かしら若いワインの澱《おり》のようなものが溜まり、すっきりしませんでした。古酒の澱ならばともかく、若い澱は妙に舌にざらつき、苦味があります。ずっと気になっていました、それが何なのかが。

思い出というものを語るには、ある程度長い時間が必要なのかもしれません。時とともに記憶は鮮明ではなくなるでしょう。しかし、思いが思いとして、頭の中から緩やかに湧き出てくるには時間がかかるものなのではないでしょうか。

父の職業は何か。小説家、作家、著述業、文筆業、文学者、文士——呼び方はいろいろあります。何が適当なのか。作家、小説家と書き添えられる場合が多いのかもしれません。

アジア・アフリカ作家会議の事務局長職を除いて、大学の教職や団体の長などにも就いたことはありませんでした。そういう職への就任依頼があったこともあるようでしたが、本人は常々「ただの文士でありたい」と言っていました。もっとも、私の祖母からは「善衞さん、寄らば大樹の陰、大きな会社に勤めたほうがよかろう」と、物を書くことを生業として十分生活できるようになったころでも言われ続けてはいました。

「ただの文士」である父と一緒に暮らしていたのは二〇年ほど、大学に入ったころまでです。その後の一〇年ほどは、自らの若き日々に夢中でした。決して嫌っていたわけではなく、喧嘩をしたわけでもありません。ただただ自分のことで精一杯、父の顔を見るより、友人たちを、そして広い世間を見ることが、何より楽しかったのです。父のことなど構っている暇はありませんでした。

再び父と密に接するようになったのは、一九七七年に父と母がスペインへ出かけ、彼の地で暮らすようになってからのことです。

留守中の事務一切、留守宅の管理、犬の世話から確定申告、スペインへの荷物運びに至るまで、父の「あとは頼むな」の一言から始まったのでした。

スペイン在住時から始まり、亡くなって二〇年の今に至るまで、私は父の仕事と暮らしに巻き込まれていきました。面倒くさいと思うことも屡々《しばしば》、楽しい贅沢なひとときを過ごしたことも多々、広い世界の話を耳学問として聞くこともできました。それが身についたかどうかは別として、です。

記録として残すような立派な話は何もありません。ただの娘が記憶の引き出しを引っ張り出し、思い出の瓶の底にゆっくりと澱が落ちるのを待ちつつ、書いていこうと思います。お付き合いいただければ幸いです。

目次

サルトルさんの墓

さて、どこからお話をしたらいいのか。

とりあえず、「パリ」から、ということにいたしましょうか。

私もまたパリという都市を愛していたし、またいまも愛している。けれども、一つの都市を愛するとは、如何なることなのかと問われれば、おそらく答えに窮するであろう。その他の言い方を知らないから、そう言うだけなのであった。

（「私のパリ」『未来からの挨拶』筑摩書房）

ヨーロッパの都市でどこが好き、と問われれば、私もパリが好きと答えるでしょう。

一九六五年七月、まだ高校生だった私は、初めてパスポートというものを持ち、一人で飛行機に乗り、パリ・オルリー空港に到着しました。フランス語、まったく話せません。英語、学校で習った程度、会話などとても、とても無理。前をいく人の真似で、どうにか無事に税関を通り、またもや人真似で荷物を受け取り、到着ロビーへ。迎えが来ていなかったらどうしようと、心臓はバクバク、緊張の極みでした。

到着ロビーの人垣の向こうに、片手を上げ合図をしている父の姿が見えました。私の人生の中で、あのときほどホッと胸をなで下ろした瞬間はなかったかもしれません。

この年、父は五月に日本を出て、東ドイツ、西ドイツ、フランス、アルジェリアと飛び回っていたようです。東ドイツでは、中野重治氏とともに「ベルリン・ワイマール国際作家会同」に出席、その後、西ドイツ・ボンを経由してパリへ、そしてアルジェリアにて第二回アジア・アフリカ会議の開会を待つが流会となり、パリに戻り原稿を書きつつ、私の到着を待っていたのでした。

私を待っていたというより、私の持ってくるものを待っていたというのが正確なのかもしれません。当時、日本からの持ち出し外貨は五〇〇ドル（一ドル三六〇円の時代です）でした。三ヵ月もヨーロッパ各地を歩き回っていれば、五〇〇ドルでは当然足りません。私の出発前、母は五〇〇ドルにプラスして調達してきた闇ドルを私の上着の裏側に縫い付け、父に渡すようにと言いました。

母も大変だったでしょう、当時頻繁に海外に出ていた父の経費を案配するのは。父は流行作家ではありませんでした。それに留守宅にだって暮らしのお金は必要です。たとえご招待だとしても、飛行機代は出ても、その他の費用は必要です。長期にわたれば、五〇〇ドルでは足りないでしょう。時には出版社に前借をしてのやり繰り算段、つてを頼って闇ドルを買い、父に持たせていました。

背中でゴソゴソする大事な荷物をやっと出すことができたのは、Place de Wagram 近くに父が知人から借りていた瀟洒なアパルトマンに到着してからのことでした。

私は部屋に入るなり荷物を放り出して、上着を脱ぎ、裏地をほどき、縫い付けてあった封筒を父に渡しました。私は大真面目、父は大爆笑でした。オルリーからの道すがら、エッフェル塔だって、シャンゼリゼだって、凱旋門だって通ったのに、背中が気になって、気になって、バスの車窓など楽しむ気分ではなかったのに、です。そして次の一言は、

「これでゴヤの絵を見に行ける」でした。

私がパリに着いた日は七月一四日、フランス革命記念日当日でした。父としては精一杯の娘孝行のつもりだったのでしょう。夕食に行くと言ってネクタイをしめ、私にもきれいな格好をしろと言い、正式なフランス料理を出す高級レストランらしきところに連れていってくれました。何を食べ、何を話しながらの食事だったのかまったく覚えていませんが、食事の後、外に出ると大きな音が響き、見上げるとエッフェル塔の向こうに花火が上がり、ザッと雨が降ってきました。

父曰く「巴里祭の夜には必ず雨が降る」だそうです。

後年、テレビでルネ・クレール監督の映画『巴里祭(Quatorze Juillet)』を観て、このときの言葉を思い出しました。巴里祭の夜、雨は降るのです。雨宿りがてら近くのカフェで一休み、父はブランディとコーヒーに細い葉巻、私はコーヒー。

こうして親子二人、パリでの暮らしが始まりました。

パリでの日々、父は何を、そして私は何をしていたのでしょうか。もう五〇年以上前の出来事です。今、私の手元にある数枚の写真と一冊のパリガイドが少し記憶を呼び起こしてくれました。私

をパリ市内の観光に連れていってくれたのは一日だけ。
サント・シャペル――「パリはサント・シャペルだ」
エッフェル塔――「ここのレストランは高いぞ」
モンマルトル――「ここで絵描きが描いている絵は売り絵だ」
サクレクール寺院――「聖心女学院の本山だ」
ルーブル美術館――「見たい絵のところに真っ直ぐ行きなさい」
単純かつ明快な説明、そしてルーブルを除いて、各滞在時間は約一五分でした。ただ、なぜパリといえばシテ島にあるゴシック建築の小聖堂、サント・シャペルなのか、よくわかりませんでした。パリ最古と言われる素晴らしいステンドグラスの内部に見とれ、なぜと質問しそびれたままになりました。一九八六年に発行された加藤周一氏との対談集『ヨーロッパ・二つの窓――トレドとヴェネツィア』(リブロポート)にその理由らしき記述を見つけました。

加藤　(略)僕は、パリに行った時、高田博厚さんに言われて初めてサント・シャペルを見たような気がするんだ。高田さんはパリに初めて行ったとき、片山敏彦に言われて見たんだね。高田さんがパリに着いて、まだフランス語も話さないときに、一年ぐらい前に来ていた片山敏彦が、いきなり高田さんをサント・シャペルに連れていったんだそうです。片山敏彦がなぜ、いきなりパリについた彼をサント・シャペルに連れていったかというと、それはロマン・ロランの影響だと思うね。

（略）

堀田　だけど、僕も全く同じ経験をしたよ。僕初めてパリへ行ったのは一九六〇何年だけど、着いたときに、いきなり僕をサント・シャペルに連れていったのは、森有正だよ。

加藤　だから、森有正は高田博厚から習った。おんなじ流れだよ。ああ、あなたを連れていったの。これは実におもしろい。ロマン・ロランが片山敏彦に、おまえパリに行ったらサント・シャペルに行けと、あそこにフランスの魂がある、全フランスの芸術があそこに集中されているんだと言ったのでしょう。それで、大先生のおっしゃることだから、すぐ行ったんでしょう、片山さんは。ロマン・ロラン崇拝だから。それで高田さんが来たら、すぐ連れていった。高田博厚はまた、森さんが来たらすぐそれを言った。森さんは、堀田善衞が来たら、すぐ連れていった。ずっとロマン・ロランからそこまで続いている。

堀田　なるほど(笑)。ロマン・ロラン――片山敏彦――高田博厚――加藤周一――それから森有正――堀田善衞と来るか。

私がこの流れを汲むと、そんな畏れ多いことは思ってもいませんが、父がパリ観光の最初にサント・シャペルに連れていってくれたことの理由のひとつが、今さらながら、やっと理解できたのです。

短い観光案内が終わると、次にアパルトマン近くの店を何軒か回り、ここは水とワイン、あっちはパン屋、こっちは野菜と果物、ハム・チーズ、そして煙草屋兼新聞販売店と、近所の必要最小限の情報と、メトロとバスの乗り方を私に教え、本人はさっさと部屋に戻り、調べ物や原稿書きを始めてしまいました。細かい説明は抜きです。要するに、自分はこれから原稿を書かねばならない、したがってこれ以上君の面倒は見ていられない、行きたいところへ自由に行け、ただし食事の用意は頼む、ということなのでした。

近所での買い物は、日本にはない食材がたくさんあり、見ているだけでも十分パリ気分を味わえて、物珍しさ半分としても、楽しいものでした。毎朝、パン屋に行きバゲットを半分、クロワッサンを二つ買い、新聞屋さんに寄ってフランス語と英語の新聞を買い、部屋に戻ってコーヒーを淹れる。夜明けまで仕事をしている父は起きてこない。あれこれ立ち居振る舞いに文句を言う母もいない。さて、今日はどこへ行って、何をしようかと考える朝の時間は、私にとって人生初の至福の時間でした。

父から渡された真っ赤な表紙のガイドブック――PLAN-GUIDE RÉPERTOIRE DES RUES PARIS PAR ARRONDISSEMENT Métro-Autobus――パリ市内二〇区の地図、アルファベット順に並んだ通りの名前、メトロとバスの路線図の載った手のひらサイズの本は、このときだけでなく、その後パリに行くたびに持ち歩き、大いに役に立ってくれました。そして今、手元に置いて、記憶を呼び起こす手伝いもしてくれています。

行きたいところに自由に行けと言われ、異国での一人歩きを余儀なくされ、最初は恐る恐るでしたが、結果、どこへ行っても、比較的平常心を保つことができ、舞い上がることはありませんでした。ブラブラと歩いて、その土地の空気感を楽しむことも覚え、旅とは、あちこち行かなくても楽しいものなのだということを知りました。

私がその境地に達するであろうと、父にそこまでの教育的考えがあったのでしょうか。ただただ、締め切りが迫っている、編集者がパリまで原稿を取りに来てくれるわけではない、郵送の時間も含めなければならない、娘のために観光案内などしてはいられないというだけの話だったのではないでしょうか。

パリ暮らし三週間、その後画家ゴヤの取材のため、スペイン国内を約一ヵ月回り、再びパリに戻って、日本に帰る前日、父は買い物に行こうと言って、高級そうなハンドバッグの並んだ一軒のブティックに私を連れていきました。白手袋をした店員が出すバッグに私が迷っていると、後ろで椅子に座って煙草を吸っていた父が、それだと指さし、シンプルかつエレガントなバッグを選んでくれました。

「今持っているバッグは置いていけ」と言われ、買ったバッグに中身を入れ替え、持ち帰りました。どうやら、旅の間私が持っていたバッグが気に入らなかったようなのです。

「そのバッグは気に入っているのか」と何度か聞かれたことがありました。

帰り道、買ってもらったばかりのバッグを提げた私に、

「やっぱり洒落《しゃれ》てるな」です。

この人はのっそりしているけど、思いの外センスがいいんだと、娘が初めて認識したパリ最後の

日でした。

しかし、一人の人間の死が、この愛する都市の相貌をかくまでに変えてしまうものとは、私にしても想像外のことであった。大先輩であり友人でもあった、J＝P・S氏が一九八〇年に亡くなって以来、私は何となくこの都市を避けるようになり、たまに出掛けて行っても、用がすみ次第、長居はせずにそそくさと帰ってしまうようになったのであった。

（「私のパリ」）

一九八〇年五月、スペインから一時帰国していた父母の、二度目のスペイン滞在にあたっての荷物持ち兼マドリードでの父のテレビ出演の手伝いのため、日本を出発、旅程の最初がパリ滞在でした。このときのパリ滞在の主目的は、まず日本で注文した車をシトロエンのパリ郊外の工場で受け取ること。そして父が尊敬していた方のお墓参りでした。

父はホテル近くの花屋で白バラ一輪を求め、母、私とともに一四区のモンパルナス墓地へ向かいました。その方のお墓は墓地入り口近くにあり、紫陽花やバラの花、さまざまな国の言葉で書かれた紙片が、小さな墓標を取り囲んでいました。

この年、四月一五日に七四歳で亡くなられたジャン＝ポール・サルトル氏のお墓です。

父は墓前にたたずみ、持参した花を供え、静かに黙禱していました。そして供えられた紙片のいくつかを手に取り、読み始めました。

「これは子供の字だ、彼は近所の子供たちと仲良しだった」

拙い字と絵の描かれた画用紙を、父は長い時間をかけて眺めていました。普段は見かけない優しいまなざしだったことが、私の記憶に鮮明に残っています。サルトルさんとは、一九六六年に氏が日本を訪問されたときにお目にかかって以来、父がパリに出向くたびに自宅を訪問し、文学や政治などさまざまな話を聞き、また話すことが、父にとって大きな喜びだったのです。

「彼は、僕の文法無視のフランス語を即座に理解してくれる。彼には心の温かさがあった」

国も、言葉も乗り越えての、もちろん人間としてという大前提はあるとは思いますが、文学者同士のやりとり。それは父にとって、為になるとか、役に立つとかという次元を通り越した、最上級の幸福な時間だったのだと思います。

大先輩であり、友人であり、敬愛する文学者だと、父が公言したのはこの方だけだったのではないでしょうか。その大先輩が亡くなった。これは父にとって大きなショックだったでしょう。

一九八二年二月の父の日記にこう記してありました。

「彼」がいないということが、やはり一昨、昨年一杯くらいの小生自体の精神に大きな空洞となったように思う。

それは空洞であると同時に、実は、実に大きなものを彼が与えてくれたということでもあるのだ。

しかし(死)が私から彼という生きた、親しくかつ敬愛する、温かいものを奪って行ったことは事実だ。それは否定しがたい。武田泰淳が死んだときとほとんど同じだ。

お墓参りを終えた夕刻、レストランで食事をしながら、

「車も来たし、明日パリを出よう」

母と私は、もう二、三日パリにいてお買い物三昧、という心づもりでしたが、こういうときに決定する父の言葉は絶対でした。このとき以来、父にとって遅くきた青春の地、愛するパリの街々が、少しずつ遠くなり、用事を済ますだけの街となったのではないでしょうか。

翌日、父、母とともに、届けられた新しい車でパリを発ち、スペインへ向かいました。

一九八三年秋、当時バルセロナに居住していた父と母。父は仕事、母は家事を切り盛りし、日本にいるときとさして変わらずに静かに過ごしていましたが、突然母の入れ歯が壊れ、バルセロナの歯医者に治療を任せることが心配で、母だけ日本に帰国することになりました。父は『定家明月記私抄』を連載中で、バルセロナの書斎を離れることができず、日本へ帰国する母と入れ替わりに、私がおさんどんのために出掛けていきました。

この秋、パリのグラン・パレにて画家ターナーの回顧展が開催されており、ターナーの絵を観たいからパリへ行こうと、父から飛行機とホテルの手配をするよう言われました。

バルセロナの飛行場からパリ・オルリー空港へ到着。オルリーは到着ゲートから荷物の引き取り

場までかなり歩かねばなりません。途中で父は疲れ、通路際にあるバーで一休み。ちょうどボージョレー・ヌーボーが解禁したばかりで、バーテンに注文するも、父のフランス語は通じず、次に私、それも通じず、結局壁に貼ってあったポスターを指さし、ギャルソンに笑われ、やっとボージョレー・ヌーボーにありつきました。

父のフランス語は日常の些細な事柄にはどうも疎いようで、母曰く、レストランで注文してくれても、全然違う物が出てくる、難しい本は読めるのに、と笑っていました。母は父のフランス語の日常会話をまったく信用しておらず、私が一緒だと、レストランのメニューも、ドライブ中に道を尋ねるときも、あなた聞いてきてと、私に言うのでした。私のフランス語は日常の些細な言葉のみ、難しい読書はまったく手が出ません。したがって母に信用されていたのです。

バーでの一休みの後、やっと荷物を引き取りにいき、そこで一悶着がありました。

荷物の引き取り場には、私たちの荷物だけがベルトコンベアのような回転レールの上でクルクルと回っていました。それを取り上げ――もちろん私が、ですが――税関へ持っていくと、スーツケースを開けろと言って税関吏は荷物を全部出し、空になったスーツケースをくまなく調べ、折りたたみ傘を広げ、カートンで入れてあったスペインの煙草を全部開け、帰りの切符を出せと言い、そのうち警察官まで来てしまいました。結局何も出てこないことがわかったようで、やっと無罪放免、通関となりました。一体なんだったのか。

「麻薬だな。バルセロナから来て、女連れで、日本のパスポートで、スペインの居住証明を持っていて、なおかつ荷物をなかなか引き取りに来ない。怪しい。運び屋と間違われたんだろう。バルセロナ・コネクションだな」

親子で麻薬の運び屋と間違えられる。よくよく父の姿を見て、ある意味納得したのです。普通ヨーロッパでよく見かける日本人ビジネスマンとはかなり雰囲気が違う。一見して日本人とは思えない、長身、細身、色黒、眼光鋭し、何者かわからない怪しいものを感じる。マフィアの親分といわれたら、そうかもしれないと思ってしまうでしょう。

こういうトラブルが起きたとき、父は慌てず、騒がず、怒鳴りもせず、椅子があればそこに座り、煙草を一服しながらじっと相手の動きを見つめ、観察するだけです。最終的に必要なときにだけ声を発するのでした。

空港での通関騒ぎで二人ともどっと疲れ、目的のターナー展に出かけたのは二日後、会場のグラン・パレはとても混んでいました。父は、ターナーの作品を一作ごとにとても丁寧に観ていましたが、あまりの混雑ぶりに途中で疲れたのでしょう。

「もう帰ろうか」

「ダメ、この会場はワンウェーだから、戻れない。それにヴェネツィアがまだですよ」

父はターナーのヴェネツィアを描いた作品が大好きでした。

結局かなりの時間をかけて全作品を観て、会場を後にしました。

「このころの画家は災害趣味があるな。ドラクロワ、ジェリコー、ゴヤだってそうだ。画家もジャーナリストだったんだ」

「パリでの一大目的は済ませましたが、グラン・パレのあまりの混雑ぶりに疲れ、父はどこにも行かず、ホテルで昼寝と読書三昧。私は朝食後、父をホテルにおいて行きたいところへ行き、夕方待ち合わせをして夕食を一緒にとる。父と二人の場合、だいたいどこへ行っても昼間別行動、夕食一緒が常でした。ただ、このときは、あまりに父がどこへも出かけないので、朝日新聞のパリ支局の方が、ポンピドゥー・センターに誘ってくださいました。渋々腰を上げ、出かけたポンピドゥーで開催していたのはバルテュスの回顧展でした。見終わって一言、

「まがまがしいものだな」

一九八九年九月、成田から西ベルリン、ブリュッセルを経由してパリに入りました。西ベルリン、ブリュッセルでは、朝日新聞社主催のシンポジウムに出席。当時、父の足の具合がよくなかったため、私は杖代わり兼荷物持ちのお伴でした。

ブリュッセルからは、朝日のパリ支局の方の車に同乗、パリまで陸路で一泊の旅でした。このときのパリ滞在は、父は用事なし、私は友人との再会の約束があったのです。用なしの父は、いつものようにホテルで新聞、雑誌、昼寝の毎日でした。当時、『ミシェル　城館の人』の執筆中で、もう一度モンテーニュの館へ行ってくるかと呟いてはいたのですが、汽車のチケットを予約しようとすると、

「もういいや、めんどうだ。ブリュッセルからパリまで車で来て、ヨーロッパを体感した。もういい」

このとき父は七一歳。網膜剝離の手術を受け、心臓も時々ドキドキ、足も痛い。もはや仕事と勉強以外のことにエネルギーは使いたくないという雰囲気でした。

パリで何か大きな催事があったものか、飛行機の予約がなかなか取れず、結局一週間足止め。近いから行ってみるかといって、やっと腰を上げ、セーヌ河畔のアラブ文化研究所の建物を見に行きました。

「エレガントな建物だ。パリによく合っている。いい」

楽しそうでした。帰りがけ、行きつけの本屋さんに寄り、何冊か本を購入、本屋のおじさんと少しばかりおしゃべり。ホテル近くのブティックのウィンドウを眺めていた私に、

「何かパーッと買っていらっしゃい」と言って、父はクレジットカードを渡してくれました。お言葉に甘えて、パーッと買いました、カシミアのコートを。時に気遣いの人でもありました。

「何も用事のないパリというのは初めてだな」

この旅が、父が若き日に憧憬したヨーロッパへの最後の旅となりました。

芥川賞と火事

ここからしばらくの出来事は、もとより私の記憶にあることではありません。後に、父からチラッと、母からチラッと聞いた話を基にしたものです。そして、父の話も、母の話も、時とともに少々の脚色が施されていると思うのが普通でしょう。ましてや父は小説家です。家族内での内輪話ですら、一〇〇パーセント事実と断定するわけにはいかないのです。

という前置きをしての、父と私の一九五〇年代です。

一九四九年七月、私は神奈川県逗子町(現逗子市)にて生まれました。

私の名前は百合子。父が名付けたそうです。あるとき父曰く、

「白百合のごとく、そうあれかし、と思って付けた。ちょうど夏の初めで、病院の部屋に山百合の花が活けてあった。なかなか名前が決まらず、終いには面倒くさくなり、百合子でいいじゃないかということになった」

当時、逗子、鎌倉の海沿いの山々には野生の山百合がたくさん咲いていました。私にも記憶があります。家の周りにも大きな白い花が、強い香りを放って咲いていました。あるとき再び父曰く、

「最初はクララという名前にしたのだ。これからの時代は、カタカナの名前のほうがいいと思ったからな。クララとは、ラテン語で光り輝くという意味だ」

クララという名前は、たぶん父が上海にいたときに親しくしていた室伏クララさんのお名前から想起されたものではないのでしょうか。あるとき母曰く、

「クララという名前は、伏木《ふしき》のおばあちゃんが反対したのよ。もっと普通に、と」

父が祖母に自分の子供の名前を相談したとは、とても思えないのです。これは母が反対したのでは……。室伏クララさんは、昭和初期のジャーナリスト室伏高信氏のお嬢さんで、戦時中、上海で中国語の翻訳をなさっていた女性です。才女だったと、中国語が堪能だったと、戦時中の上海のインテリ男子の間では有名な女性だったと、父も親しくしていたと……。

そういう女性と同じ名前を、母は娘に付けたくなかった、母の嫉妬だったのかもしれない、と私は想像しているのですが……。もしクララという名前を付けられていたとしたら、私の人生は変わっていたのでしょうか?

私としては、クララでも、百合子でも、どちらでもよかったと思っています。どちらにしても、私の人生に大差はないでしょう。しかし、百合子と名付けられたにもかかわらず、子供時代に百合子ちゃんとか、百合子さんと呼ばれたことはほとんどなかったのです。

私は七月生まれです。七月は英語でJuly。そこから採られたのでしょう、ジュリーと呼ばれていました。フランス語の名前Julieも念頭にあったのかもしれません。父の友人たちも編集者の方々

もジュリちゃんと呼んでいました。いまだにそう呼ばれる方もいらっしゃいます。やはり、父はカタカナの名前を何が何でも付けたかったのかもしれません。当たり前に百合子さんと呼ばれるようになったのは、父が亡くなってからのことです。名前とは不思議なものです。

この時期、父母、そして生まれたばかりの私は、逗子の町中の魚屋の二階に間借りをしていました。同じ二階には、横須賀の米軍基地の周辺で働く女性たちも住んでいたそうです。彼女たちが基地のPX（売店）で買ってきてくれた粉ミルクや缶詰の離乳食の差し入れで、私は育つことができたのです。

あるとき、父は大奮発してアメリカ製の洒落た乳母車を買いました。私は乗せると大泣き、何度乗せても大泣き、嫌がって一度も乗らなかった。父は相当ガッカリしていたようです。乳母車を押している父、到底想像しがたい姿です。

暮らしていくのに精一杯の時代です。煙草を買うお金がなくて、英語の辞書のインディアンペーパーを破り、紅茶の葉を巻き、煙草にしたという話も聞いたことがあります。紅茶の煙草は喉がガラガラして不味かったが、しょうことなしに吸っていたと、父は言っていました。

当時、父は文学的な活動はほとんどせず、翻訳で糊口をしのいでいたのです。河上徹太郎氏訳のマルドリュス版『アラビアン・ナイト　艶笑傑作選』（新潮文庫）やコルトオ『ショパン』（新潮叢書）、どちらも下訳は父が翻訳したのでした。当時、貧窮を極めていた若い作家たちに、先輩作家の方々は翻訳の仕事や、書き物を回し、生活が立ちゆくように手助けをしてくれていたのだそうです。文士の友情は、まだ健在だったのです。

読売新聞社に勤めたこともあります。ただし、一週間だけ。

出勤時間が毎日夕方近くになり、上司から「堀田君、もう少し早く来られないかね」と言われ、苦笑い。お勤めは一週間だけだったそうです。父も、いくらお金のためでも無理だと悟ったのでしょうか。この後、二度とどこかへ勤務するということはありませんでした。

私が生まれた年の冬、逗子の町中から、披露山《ひろやま》という鎌倉と逗子の境の山の中腹に建つ一軒家に引っ越しました。子供がいて家で仕事をするとなると、間借り生活では無理だったのでしょう。無論、借家です。山の中の崖地に建つ一軒家、逗子の町、海岸一望、長唄のお師匠さんの別宅だった家でした。離れに水屋まであり、天井は杉皮張り、柱は銘木のごとく、数寄屋造りの風情ある家。と言えば通りはいいのですが、銘木風の柱に障子戸はぴたりと閉まりません。すきま風スースー、台所はかまど、母は落ち葉と枯れ枝を集めてご飯を炊いていたそうです。

「お金はなかったけど、楽しかったわよ。当時はみんな同じような暮らしだったから、ある者が、ない者を助ける、よ。質屋にこそ行かなかったけど、貸したり、借りたり、原稿売り込んでもらったり、売り込んであげたり……」

一九五二年一月、父は第二六回(一九五一年度下半期)芥川賞を受賞しました。三回の候補を経ての受賞でした。当時、家に電話はありません。父は翌日の新聞を見て受賞を知ったそうです。何人かの編集者や友人の方々が訪ねてきて、「芥川賞、おめでとうございます」と玄関先で言うのを聞いていた私が、どなたかがいらっしゃると、顔を見るなり「芥川賞、おめでとうございます」とカタコトでしゃべりまくるので、えらく恥ずかしかったと、父は言っていました。あのころの芥川賞は、現在のマスコミ総動員の騒ぎなどまったくなく、のんきなものだったそうです。

のんきでなかったのは母です。

「受賞のひとつ前、第二五回で候補になったときは、お金が全然なくて、本当に喉から手が出るほど芥川賞は欲しかった。だから、落ちたときはガックリして、寝込んだわよ。次に受賞したと聞いても、前回のショックが大きすぎて、ポカンとしてしまった」

母の切望していた賞金は、一体いくらだったのでしょうか？

この賞金、私におおいに関係があるのです。父は一九四四年に結婚をしていました。母とではありません。戦争末期に上海へ行き、母と出会いました。母も上海時代に結婚をしていました。父とではありません。戦後、母は上海から日本に引き揚げてきて、正式に離婚をしました。父は戸籍をそのままにしていたのです。

ということは、私が生まれたときの出生届は母の戸籍に入れられたということになります。

父が一九九八年に亡くなってから母が話してくれたことには、父がまったく動いてくれる様子がないので、芥川賞の賞金を持って、母自身があちらのご実家へ出向き、お金を渡し、頭を下げて離婚届をもらってきたというのです。

「あなた、帰りの電車賃はあるの?」とご実家の方に心配をされ、母は泣きながら電車に飛び乗ったと言っていました。家に帰って事の次第を報告すると、父は「そうか」の一言だけだったそうです。

「お父さんはズルイ。都合の悪いことは知らんぷりする。原稿だって、自分が引き受けていながら、書けないと私に断らせる。ずっとそうだったわよ」

その後、やっと母と私は、父の戸籍に入籍したのです。この話、どこまで母が本当のことを言っていたのかわかりませんが、当たらずとも遠からずというところでしょう。

神奈川近代文学館の「堀田善衞展」図録に掲載された父の年譜によれば、「〔一九五二年〕一月、二一日、「広場の孤独」「漢奸」その他により、昭和二六年度下半期(第二六回)芥川賞を受賞。二三日、秀〔先妻〕と離婚(届出)」「六月、(略)一三日、れい〔母〕と結婚(届出)」(〔 〕内は注)ということだそうです。

当時の母の立場にたってみれば、大変な勇気を振り絞ってのことであったのだろうと思います。芥川賞受賞の翌々日に、やっと父の離婚届を出すことができたのですから。私自身は、今が無事で、元気であればそれですべてよしという性格なので、こういう話を聞いても、そうなの、という程度です。父にも、そして母にも若き時代があり、青春があった。誰しも人には、まして娘には言いたくないこともある。それでいいと思っています。芥川賞の賞金は、私を父の戸籍に入れてくれたのです。ありがたい、十二分に価値のある賞金だったと思うことにいたしましょう。

この時代のこと、私の頭の中にある記憶は、寄せては返す波のように、出たり入ったりしています。大人になっていろいろと聞いた話で記憶が補強されている可能性が大なのです。話半分として読んでいただければ、と思います。

あるとき、父は自転車を買い、前の補助席に私を乗せ、後ろの荷台に母を乗せ、逗子の町まで買い物に行っていました。父の自転車運転、あっちへヨロヨロ、こっちへヨロヨロ、あまりうまくはありませんでした。帰りは自転車を山の下の雑貨屋さんに置かせてもらって、買い物袋をぶら下げて家まで歩いて帰るのです。坂道で私がぐずり、私をおんぶして、です。

芥川賞を受賞したとはいえ、まだまだ父は暇だったのです。夏になれば毎日のように、同じ逗子に住む本多秋五氏一家と誘い合っての海水浴でした。帰り道、私は疲れて寝てしまい、父は私をおんぶして、でした。この海岸通いのおかげで、私はいつのまにか泳げるようになりました。父の暇つぶしも、少しの教育的効果はあったのです。

吉祥寺の埴谷雄高邸にもよく連れていかれました。当時埴谷家では、しょっちゅうダンスパーティが開かれていたのです。父、母、私、埴谷夫妻、佐々木基一夫妻、武田泰淳、百合子夫妻と娘の花さん、梅崎春生夫妻等々、飲んで、しゃべって、ダンスに興じていました。

私は佐々木さんのおじちゃんにダンスのステップを教えてもらい、埴谷さんのおじちゃんとワルツを踊っていました。埴谷さんのおじちゃんはサービス満点の方です。皆に気を配り、おしゃべりをし、私や花さんにも、飲み物を持ってきてくれて、相手をしてくれました。

武田先生は悠然と椅子に座り、ニコニコ笑いながら杯を重ね、ダンスには参加せず、皆を見守っていました。百合子夫人も杯を重ね、重ねて、楽しげに笑い、曲が変わるたびにパートナーを変え、優雅に踊っていました。私は百合子夫人のヒラヒラと舞う華やかな柄のスカートに見とれ、いつしか椅子の端っこで眠ってしまうのが常でした。よき時代の楽しき風景です。

この埴谷家でのダンスパーティが、その後の「あさって会(埴谷雄高・椎名麟三・梅崎春生・野間宏・武田泰淳・中村真一郎・堀田善衞)」の集いにつながっていったのだと思います。戦後派と呼ばれる作家たちのこの集まりは、家族ぐるみの付き合いでもあり、文学をタテ、ヨコ、ナナメに、それぞれが勝手にしゃべり、それぞれの栄養にしていき、多少の論争はあったのかもしれませんが、大事になることもなく、喧嘩もなく、続いていったのです。

一九五六年四月、私は小学校に入学しました。入学直前、父はお風呂に入りながら、私に数字を覚えさせていました。一から一〇まではスラスラと数えることができたのですが、そこから先があやふやでまったくダメ。父は毎日特訓してくれたのですが、その成果はかんばしくなく、父は絶望していたと、母は笑っていました。父の絶望はその後も続いたのです。小学校、中学校、高等学校、私は算数、数学、理科、物理化学、まったくダメでした。親の心を子は知りません。お風呂特訓の後、父は私に学校教育の何かを教えるということをしなくなりました。懲りたのでしょう。

その年の一一月、父は第一回アジア作家会議に出席するために、インドへ赴きました。戦後初めての海外旅行です。父がインドへ出発する日、羽田まで母と見送りに行きました。

「お留守番、ちゃんとするから、お土産買ってきてね」と、言ったことを覚えています。

私がはじめてインドへ行ったのは、一九五六(昭和三十一)年です。ニューデリーでアジアの十七カ国ほどの国から文学者が参加するアジア作家会議が開催されるというので、それに参加するために行ったわけです。(略)

最初、木下順二君だったかが、私をインドへ行かないかと誘ってくれたのですが、中国のことならいざ知らず、インドについてはなんの知識もこちらにはありませんから、はじめは断りました。ところが、ほかに英語ができる人がいないというので、まあ私だってそれほど流暢《りゅうちょう》にしゃべれるわけではないのですが、前回話したように、戦後は英語関係の仕事をしていましたから、なんとなく行くことになってしまいました。

行くにあたって、滞在費や旅費などの資金を出したのは、ペンクラブと文芸家協会と私の共同出資でした。そのとき川端康成さんや舟橋聖一《ふなはしせいいち》さん、それに江戸川乱歩さんがかなりの額を出してくれて、それにたいしてお礼状を書いた覚えがあります。

あのころはまだプロペラ機で、香港《ホンコン》、マニラ、バンコク、カルカッタという経路で、二日ぐらいかかりました。

その飛行機のなかで印象的なことがありました。マニラからフィリピンの母子が乗ってきたのですが、その子供が私の顔を見て、ギョッとしたのです。見るまに血の気が引いていくのがわかりました。そのとき私は悟ったのですが、ああ、たぶんこの子か、その父が日本軍にひどい目に遭わされていたんだな、と。そういう小さな、しかしきわめて印象深い事件が行きの飛行機のなかでありました。

（「作家会議とＣＩＡ」『めぐりあいし人びと』集英社）

父のインド行きの話から、少しだけ外れることになりますが……。

川端先生は鎌倉に住んでいらっしゃいましたので、時々、父は鎌倉駅や横須賀線の電車の中でお目にかかっていました。いつも丁重にご挨拶をして、少しだけ立ち話をしていました。

「川端さんは、二回目に芥川賞の候補になって落選したときも、ただ一人『歯車』を推薦してくれた。インドへ行ったときも、かなりの額をカンパしてくれた。その恩義には深いものがある」

後年、川端先生が亡くなられたとき、その場所はわが家のすぐ近くだったのです。海の見えるところでした。

「夜の海は暗い。どこまでも暗いのだから、吸い込まれてしまう。あんなところを仕事場にしてはいけなかったんだ」

舟橋先生は、夏の間の何日かを、逗子海岸沿いのなぎさホテルに投宿していらっしゃいました。海岸で父は舟橋先生と出会い、頭に巻いたタオルを外し、丁重にご挨拶をしていました。舟橋先生は海水パンツ姿、父も海水パンツ姿でした。恩を返すということは、どれだけ時間がたとうとも、それを忘れずに礼をつくすということなのだと、父の行動が教えてくれていました。

引用した『めぐりあいし人びと』は、一九九一年〜九二年に『青春と読書』(集英社)に連載され、単行本となった、父の「さて、何から話しましょうか」で始まる、原稿ではなく語りなのです。

私は、アジア作家会議の日本代表であると同時に、会議の書記局員でもありましたから、会議開催のほぼ一カ月前にニューデリーに入り、準備にあたっていました。(略)

私がインドで感じたことの一つは、たとえば、日本のように、あるいはイギリス、フランスなどのように、明瞭《めいりょう》な統治形態を採っている、もしくは津々浦々までの統治能力のある政府をもっている国というのは、この地球上ではなはだ少数であるということです。

つまり、人間というものを、国家や統治の側面から考えてはいけないということです。人間を国家の枠に閉じ込めてはならない。これは、多言語、多民族が入りまじった、一種混沌《こんとん》としたインドの状況に接してみて、強く感じたことです。私にとって、中国以外、はじめての外国ですが、そこで見聞したことは、人間と国家の関係という、非常に大きな課題として、のちのちまで私の心のなかに残りました。

(同書)

インドで過ごした日々を、三〇年余の歳月を経て父は回想し、冷静に状況を分析し、語っています。一方、『インドで考えたこと』は、『世界』一九五七年四月号から九月号まで連載したものに、一部『中央公論』などに掲載した文章も入れて、加筆、再構成し、「岩波新書」として一二月に刊行したものです。インドから帰国して、まだ間もないころに書かれた文章です。興奮冷めやらぬと言ったら言い過ぎなのかもしれませんが、父のインドは新鮮かつ生の声で書かれたものでした。

「戦後すでに十数万の日本人が海外へ出掛けた。サンフランシスコ講和会議に行った吉田茂の旅券が第一号だそうで、私のそれは一三八八一三号であった」

一三八八一三号のパスポートは、父の書斎の引き出しに大事にしまってありました。ここから、父の驚き、呆れ、茫然としつつも、人間の歴史を見つめ、そして考える、広い世界への旅が始まったのです。

――要するに、「永遠」なんだ、これはまったく始末におえんわい。

と私は、デリーについたそのあくる日、街頭にぼんやり立ってみて、――こういう感じ方をなんと呼べばいいのか――直感した、あるいは直観的に感じ、その強烈な印象が心の底に灼きつけられた。そういうものとしての、いわば発見を、私は強いられた。そして私は、深い溜息をついた。

しかし、なぜ、それがそうであるからといって溜息をつかねばならなかったか。

それは私自身の個人的理由による。

私は、小説を書いて生きている人間だが、近代小説というものは、私の考えでは、あらゆるものを相手にしていいけれども、とにかく「永遠」という奴だけは、直接、相手にしないという約束の上に成立しているものなのだ。それが出るとしても、作品の結果として行間から滲み出る、というかたちで出るべきものであろう。「永遠」などという、非歴史的な、歴史を否定するようなものは、詩と宗教の方へ行ってもらっているものの筈なのだ。

ところが、それがひと目チラリと見ただけで、もうそこに、むき出しになってくれているとなると、この「近代小説」家は、もろくもあわてざるをえなくなってしまった。われながら、はなはだ頼りない次第ではあるが、事実としてそうなのだから、仕方がない。そこで、私は決心した。

——こうなれば仕方がない、そいつに全身、ひたされてみるよりほかに、ここで生きる法はあるまい、と。

(『インドで考えたこと』岩波新書)

『インドで考えたこと』は、父の作品の中でも、今も刷を重ねる数少ないロングセラーなのです。書店の棚の片隅で、「その歩みがのろかろうがなんだろうが、アジアは、生きたい、生きたい、と叫んでいるのだ。西欧は、死にたくない、死にたくない、と云っている」と、父は呟いていると思います。手にとってお読みいただければ幸いです。

一九五七年一月二三日未明、私は、逗子の家の二階、父の書斎で寝ていました。父はインドへ旅行中、母は知人の出迎えに羽田へ行ったところ、飛行機の到着が遅れ、終電に間に合わず、家に戻れなくなっていました。家にいたのは、私とお手伝いさんの二人だけだったのです。お手伝いさんは、母が夜中に帰ってくると思い、お風呂を沸かすために風呂釜に石炭を入れ、火をつけました。しばらくして風呂の焚き口から火が燃え上がり、火事になったのです。

後にわかったことですが、風呂釜の煙突にヒビが入っていて、そこから火がもれて家に燃え移ったらしいのです。らしい、というだけで、確かな原因は消防署も特定できなかったようです。私は、あわてて階段を駆け上がってきたお手伝いさんに起こされ、階下に降りたときにはすでに廊下は煙だらけでした。外に飛び出ると、風呂の焚き口のあった家の端から二階にかけて、炎が上がっていました。

お手伝いさんが、電話、電話、消防署、と叫ぶのですが、彼女の足は固まってしまったのか、腰がぬけたのか、動きません。家は横長のウナギの寝床のような造り、電話機は、風呂の焚き口とは反対側の家のはずれに置いてあったのです。私は走り、電話機に飛びつき、消防署に電話をしました。

そこから先はもう早回しの映画のようなものです。

いつのまにか近所の人たちが集まり、火の回っていない部屋から家財を出し、崖に放り投げてくれていました。消防車のサイレンは聞こえるのですが、道が狭くて消防車は家まで入って来られません。私は近くに避難させられ、誰かが肩にかけてくれた毛布をかぶり、家が燃えるのをじっと見ていました。

夜が明けるころ、家はほぼ燃え尽きていました。


香港のホテルで、ぼくはいい気持で寝ていた。（略）

ベッドのそばの電話がなった。（略）

わが家が焼けた、というのである。火事だ、というわけである。

旅先で、これはまったくヤレヤレというものだ。

「マル焼けか？」

「それが……、そうなんだよ……二十二《ママ》日の朝方だそうだよ」

二十二《ママ》日といえば、ぼくはラングーンにいた。電話を切ると、ぼくは猛然と腹が立って来た。そんな阿呆なことがあるものか！　誰も怪我人はなかった、それはありがたい、しかし火事だと、バカヤロー！

ベッドに起きあがると、腹が立って血がぐんぐんと頭にのぼってくる。別に留守をしていた家人に対して怒っているわけではない。それはそれで仕方がない、と納得しているのである。けれども、じっとしていることがどうしても出来ない。

断然、起き出してホテルをとび出し、タクシーをひろって、ペニンシュラー・ホテルにある国際電信局にかけつけた。さてなんと電報を打ったものか。

"YAKETA MONOWA SHIKATAGA NAIZO KUYOKUYO SURUNA. MINADE GANBARE"
〃ヤケタ　モノハ　シカタガ　ナイゾ　クヨクヨ　スルナ。ミナデ　ガンバレ〃（略）

羽田へついて、小学一年の女の子が「うち焼けたぞ、なんにもないよ。お土産買って来た？」と云ったとき、ちょっと涙が出たが、「大丈夫！」と思わず大声で呶鳴ると、腹立ちもなにもおさまってしまった。家族は、近所の小磯良平画伯のはなれ家に収容してもらっていた。（略）

さて、最後に、火事の効果は、半年たち一年たったくらいの頃から、痛切に感じられて来る。燃えた資料、ノート、家財道具その他、それらのモロモロの一夜にして幻と化したものが、たとえば手術などで切ってなくした手足が、現実に存在しない手足が痛み疼くように、ヒシヒシとこたえて来る。それをのり越えるのが、火事の心得のなかでも最大の難関のようである。

冬がまた来る。皆さん、火のもとを用心しましょう。

（「火事の心得」『文藝春秋』一九五七年一二月号）

父を迎えにいった羽田空港で、私は「お土産買って来た？」などと言わなかったような気がしていますが、そう言った、ということにしておきましょう。

父が買ってきてくれた、きらきら光るサリーを着たインドの人形は、家財も何もない、避難先の小磯先生のお宅の離れで、私の唯一の遊び相手となりました。

同年一〇月、父は中国作家協会と中国人民対外文化協会から招待され、中国へ出かけました。招かれたのは、山本健吉氏、井上靖氏、中野重治氏、本多秋五氏、多田裕計氏、十返肇氏、そして父の七人でした。一九四七年に上海から引き揚げてきて以来、父にとって一〇年ぶりの中国です。ご招待を受けたときは複雑な思いもあったとは思いますが、行きたかったでしょう。

が、しかし、一月に家が火事で燃えたばかり、インドからも帰ってきたばかり、まだ日々の暮らしは復旧途上です。中国行き、母は渋い顔をしていたと思います。ただ火事の前、当時としては珍しいことであったようですが、母は家に火災保険をかけていたのです。父と母は火災保険金がおりると、同じ場所に家を建て直し始めました。

ひとえに母の功績です。

家は建ちつつある、生活も落ち着きつつある、父は出かけました。

列車がいよいよ上海に近づいて来て、窓の外に郊外の灯火がちらちらしはじめた頃、荷物の整理もおえてしまい、四人の同室者たちは、なんとなく手持ちぶさたな感じで、黙然と坐っていた。そういう、へんにくぼんだようなときに、ひょいと中野重治氏が私にいった。私は窓から外を食い入るようにして眺めていた。

「上海へ汽車が近づくというと、堀田君の青春の磁石が、チカチカチカチカと、鳴り出すだろう」と。

それはたしかにその通りであったのだが、ガタンゴトンという車輪の音が高まるにつれて、贅沢

な話ながら、私は次第に何ということもなく憂鬱になって来た。(略)
本当に、私はどうしようもなかった。上海に前後十日ほどいて、正直にいって私は途方に暮れていた、といっていいと思う。阿呆みたいに、毎日写真ばかりとって歩いた。
(『上海にて』筑摩書房)

帰国した父が、中国のこと、上海のことを話していたという記憶が私にはありません。母を相手に、変貌した上海、変わらなかった上海、かつてともに過ごした上海を、そっと話していたのかもしれません。この中国旅行の、上海に滞在したときに限っての父の回想記、『上海にて』(筑摩書房、昭和三四年七月三〇日発行、二三〇円)の初版本が、現在私の手元にあります。表紙カバーには、父が撮影した上海の写真が使われています。

当時、写真フィルムはとても高価だったと聞いています。出発前、父は新聞各社に掛け合い、フィルムを調達していました。インドへ行ったときの写真も、中国の写真も、状態は決してよくはないのですが、かなりの数が残っています。

本を開くと、扉に父の字で「訂正用」と書かれています。奥付には検印が押印されています。

父は新しい著作が届くと、一冊は必ず「訂正用」と記し、保存します。『上海にて』にも訂正が入っています。訂正のほとんどが、てにをはを直したもの、改行を印したもの、いくつかの加筆程度ですが、万年筆、赤鉛筆、青鉛筆、鉛筆、いろいろな種類の筆記用具で印されています。何度も、何度も読み直し、手を入れたものなのでしょう。

検印、懐かしい家内仕事です。著作の発行部数が決まると、出版社から検印の用紙が送られてきます。父は食卓の椅子の上にあぐらをかいて座り、黙々と印を押していました。

「本が出る！」

このとき家の中が少しだけ浮き立つのです。時々、私も父の座っている椅子によじ登り、あぐらの中に座って、印を押させてもらいました。発行される本の奥付にこの印が貼られるのです。思えば、本の一冊一冊に作者の思いが込められ、読者に届けられていた時代でした。

一九五八年五月、父は第二回アジア作家会議の準備会議のためにモスクワへ出発しました。この会議で第一回アジア・アフリカ（A・A）作家会議開催が決定します。このころから、父の海外行きはわが家では特別なことではなくなっていました。母は、

「また出かけるの。仕事も家も放っぽり出して」と、怒っていました。お金の工面も大変だったのでしょう。ほとんどが持ち出しでしたから。

父には父の夢があったのです。アジア、アフリカの作家たちが集い、その話し合いの中から原爆を廃絶する力が生まれるならば、という……。出かけなくてはならないという父の気持ちも理解はしていたのだろうと思いますが、母の怒りももっともなのです。原稿は途中、財布は空っぽ！　最終的には、

「元手をかけているのだから、元はとってくださいね」ということで、母は収まりをつけたのでした。

母の苦労は続くのです。

モスクワ滞在中、父はプーシキン美術館で、当時はゴヤ作と言われていた「瀕死のモナ」という小さな絵に魅入られ、戦時中に見たゴヤの版画集『戦争の惨禍』のことを思い、ゴヤさんとのお付き合いを運命的なものにしたのです。そして、モスクワからの帰途、パリに寄り、ルーブル美術館で「ソラーナ伯爵夫人像」を見て、いずれゴヤを書かねばならないと強く思ったそうです。ここから、父のA・A作家会議行脚と並行してのゴヤ行脚が始まったのです。

一九六〇年代に入ります。

モスラの子と脱走兵

一九六〇年、父は四二歳。私は小学校五年生でした。

六〇年安保、といわれている年です。

このころ、私の部屋は父の書斎の隣でした。当時は、締め切りがせまってくると、父は徹夜徹夜の日々。夜中にふと目を覚ますと、隣の部屋から音がします。

トントン、トントントントン、不連続な音が切れ目なく続きます。ああ、父が起きていると思いつつ、再び眠りについたものでした。トントントントンは万年筆の音です。万年筆を垂直に立てて、原稿用紙に一文字ずつ文字を書いている音なのです。音が止まったときは、お茶を飲んでいるか、煙草を吸っているか、資料をめくっているとき。子守歌とは言わないまでも、隣の部屋で眠っている私にとっては安堵できる音であり、物書きを生業としている家の、深夜の小さな騒音でもありました。

一九六〇年のトントントントンは、一月から『世界』に連載中の『審判』。九月からは『朝日ジャーナル』に連載を始めた『海鳴りの底から』も加わりました。

「原稿を書くということは、原稿用紙の升目に一文字ずつ田植えをしているようなものだ」

父はそんなふうに言っていました。夜の静寂の中のトントントントンは父の田植えの音だったのです。

翌朝、私が朝食を食べている同じテーブルの隅で、仕事を終えた父は朝刊を読みながら寝酒を飲んでいます。私は学校へ出かけるため、父に「行ってきます」と言い、父は「ああ、お休み」と言って寝室に入っていきます。これが当時のわが家のごく普通の朝の風景でした。
夕方、私が学校から帰ってくると、その時刻はちょうど父が起きてくる時間帯でした。「ただいま」と私が言い、父は「やあ、おはよう」と言います。これが夕方のわが家でした。

一九六〇年六月。

妻とねえやさんがデモに行ってしまった。どこのグループに参加するのだ、ときくと、同じくわが家の一員である都立大学の学生君のグループにはいるのだ、という。学生のデモ隊にきみたちがはいるのか、とかさねて問うと、そうだ、と簡単に答えてさっさと出て行ってしまった。（略）
　では、わが家の細君はなんのためにデモに出掛けて行ったか。そういうデモなどに行かなくてもよくなるために、出かけて行ったのであろうし、出かけねばならぬと、彼女の「私」が要求したならば、何度でも、そしてこれから先いつでも行くであろう。彼女はだれに動員をかけられたわけでもないのである。私の動員令などでは動きはしない。私は学校から帰って来た子供のためにフロをたき、食事をつくってやらなければならぬ。新安保、民主主義、新しい日本は、これからますます、たとえば家庭のレベルにおいても、論議がつづけられて行かねばならぬ。
　それぞれの人々の「私」の要求からして、そこから発して歴史の到達すること。

（「新しい日本の出発点」『歴史と運命』講談社）

母とねえやさん、二人が家に帰ってきて、父はねえやさんに聞きました。

「どうだった、デモは」

「みなさん、ナショナル電器の歌を歌ってましたよ」

一緒に行った母は笑いだし、父は一瞬怪訝な顔をしましたが、

「〝インターナショナル〟はナショナル電器の歌か。そうか、それはよかった、それでいいんだ」。大笑いしていました。

私も、逗子・葉山在住の文化人の集まりが主催する安保反対のデモ行進に、父母と一緒に参加しました。なぜ、何のためにと、小学校五年生の私が理解していたとはとても思えません。デモ行進の前日、父に言われたわけでもなく、母にそそのかされたわけでもなく、デモへの参加を呼びかけるビラを、私は「私」の要求で、学校の職員室で先生方に配ってしまったのです。

当日の、文化人のデモ行進を報じる新聞に、父と手をつないでデモに参加している私の写真も載ってしまいました。後に問題となりました。義務教育の、しかも公立校では、まさか私を退学させるわけにはいかなかったのでしょう。職員室でのビラ配りを許可した私の担任の教師が、理由は伏せられたままに学期途中で転任させられてしまいました。

父は怒りました。母も怒りました。このようなことで先生を左遷するような学校に子供を預けて

おくわけにはいかないという次第で、私は隣町の鎌倉の小学校に転校することになったのです。

こういうこともありました。

数年前のことである。ある日、わが家の子どもが小学校から泣いて帰ってきたことがある。私がどうしたんだ、と聞くと、子どもが泣きじゃくりながら次のように説明をした。

彼女の話によると、その日学校で、国旗についての話があり、その話のなかで、皆さんの家には国旗があるか、ないならばなぜないか、祝祭日には国旗を出しているかどうか、という質問があった。そこで彼女はわが家の実状を正直に話した。すなわち、家に国旗はたしかにある、けれども祝祭日が来ても国旗が出されるのを見たことがない、と。

子どもはまだごく幼なかったので、それだけのことを問われて説明するだけでも相当な衝撃であったらしく、またなぜあっても出さないか、という説明はできず、これだけのことでもう涙が出てきてしまったものらしい。

私は子どもに詫びた。国旗があるにはある、それなのになぜ出さないか、その理由を君にこれまで説明して来なかったのはたしかに悪かった。君がもう少し大きくなったら、適当なときを見はからって父である私の考えを説明し、もしその説明に君が不服であったら、家の者全員で、といっても彼女と母を加えて三人なのだが——検討してみようと思ってきたのだ、と。

国旗を家にもっていながらなぜ出さないか——。私はこういうことは個人個人の考え、ということであると思っているので、いままで家内以外に話したこともなく、もとより書いたこともなかった。その理由は、きわめて簡単なのだ。

アメリカの軍事植民地となっている沖縄が解放され、日本にかえってきたときに、自分は国旗を掲げてそれを祝いたい、それまでは我慢する、という考えで敗戦後一貫してきた。それだけのことである。（略）

私は大要右のような説明を子どもに話した。子どもは、じっと真剣な顔つきで聴いていたが、やがて簡単に、わかった、といって、涙を拭いて庭へ出て行った。

しばらくたってから、私は学校の先生から、そのあくる日に子どもが学校で、昨日の国旗問題をむしかえし、父の説明を述べた、私はあんなに困ったことはなかったですよ、けれども、なるほど、そういう考え方もあるものかとはじめて気がつきました、という話を聞かされた。

（「ジャーナリズムをめぐる鬱屈感——録音構成「沖縄の悲劇」を聴いて」『歴史と運命』）


この先生が、デモのビラ配りを私に許可し、左遷されてしまった先生です。申し訳ないことをしたと思っています。父も母も、普通に、ごく当たり前の世間を、ということで私を公立校に入れていたのですが、家の中での特殊性は表に出てきてしまうものなのです。このころから私は、うちは世間一般とは少し違う、しかし特別ではない、でも、なるべく学校では家の中のことを話さないほうがいいのだと、学習したのでした。たぶん学校では目立つというか、浮いているというか、そういう子供だったのだと思いますが、いじめられたことはありませんでした。六〇年安保、子供の私にもいろいろとあったのです。

「家庭のレベルにおいても、論議がつづけられて行かねばならぬ」と父の言う論議はともかく、政治だろうが、経済だろうが、芸術だろうが、わかろうが、わかるまいが、とにかく話すということが、私が大人になってからも、父が年老いてからも、日常会話の中で続けられていきました。が、一九六〇年当時、父が何を言ったのか、何を教えてくれたのか、当の私は覚えていないという、不肖の娘です。父の文章のうち私にとってとても印象に残る、そして後々に至っても父が同様のことを話し、書いていた言葉があります。代わりにそれを記しておきたいと思います。

しかし、人間は信頼に値するものだ、と私は信ずる。われわれの「現状」がどのようなものであれ、またその「現状」でもって十年先までも規制しようと、あくまで規制されがたいものが人間にはある、と信ずるからである。それは、歴史の筋を通したいという、やみがたい希望から発する、異常さを是正したいという倫理的、人間的な欲求である。（略）

人々は、われひとともに気付きはじめているのである。歴史においての異常さを、是正せず、あくまで強行し、あるべき未来を閉ざそうとするものは、必ず歴史そのものによって裁かれる。時代へいそくの現状そのものについての意識、認識が一般に徹底したとき、異常を強行しようとした政治家はおいてきぼりを食う。時代閉塞の現状そのものが、希望のための条件なのだ。

（「不安の時代」『歴史と運命』）

「人間は信頼に値するものだ」。希望のもてる言葉だと思います。

さて、一九六〇年の父の仕事は『審判』と『海鳴りの底から』がほとんどを占めていたのだと思います。『審判』の締め切りが終わると、父は長崎へ出かけていました。長崎の図書館で、島原の乱をテーマとする『海鳴りの底から』執筆のための資料を読み、勉強をするためです。二、三日家にいたかと思うと、もうどこかへ出かけていていない。帰ってきたかと思うと、書斎でレコードがガンガン鳴っている。隣の部屋の私は、うるさいなと思いながら宿題をしていました。

大学生になってから、『海鳴りの底から』をチラッとのぞきました。あのガンガン鳴っていたレコードは、ムソルグスキーの組曲「展覧会の絵」だったのです。

私は一度はこういう異様な形式での物語を書いてみたいと思っていた。かたちとしては、ロシアの作曲家ムソルグスキーの音楽、『展覧会の絵』が私の念頭にあった。御承知のように、この組曲は作曲者がそぞろ歩きをしながら、つまりは〝プロムナード〟をともなって、展覧会の絵を眺めて行って、あれこれの絵に接し自分を投入出来るものがあったときに、力一杯、そのなかに入って行って、そうしてその絵からうけたものによって、次の絵へとうつるその歩み、〝プロムナード〟自体が、旋律は同じでありながら内実は次第に変質して行く、というかたちをとっている。私にムソルグスキーほどのことが出来ようとはもとより思ってもみないが、またそぞろ歩きが出来るほどの余裕もありはしないが、そのひそみにならってやって行ってみたい。以上は、その第一プロムナードです。

（『海鳴りの底から』朝日新聞社）

後々になって、あれはそういうことだったのかという発見が、父の本を読むとしばしば起こるのです。今でもあるのです。何だ、バカバカしい、そういうことなら早く言ってと思うときもあれば、何でここに出てくるの、どうしてということもあれば、なるほど！と納得するときもあります。

一九六一年。

「三十余年の眠りから醒《さ》め　蘇《よみがえ》る幻の原作！」

「えッ、この3人が原作者？／安保闘争の熱気さめやらぬなか、戦後文学を代表する3人の作家たちが、新しい大怪獣つくりにいどんだリレー小説。知る人ぞ知る、映画「モスラ」幻の原作、初の単行本化。遊び心と批評精神あふれる想像力の世界」

これは一九九四年に筑摩書房から出版された『発光妖精とモスラ』の、何とも大袈裟な帯の文章です。初出は一九六一年一月の『週刊朝日別冊』、中村真一郎氏、福永武彦氏、堀田善衞、三人の合作小説（？・）です。

映画になりました。砧《きぬた》の東宝の撮影所に、父と見学に行きました。中村先生、福永先生もご一緒でした。モスラが撮影所の真ん中にどーんと鎮座していました。モスラくんは大きな芋虫もどき、ゴジラより私は好きでした。七月、『モスラ』は全国の映画館で封切られ、なかなかの人気でした。夏休みが明け、学校へ行くと、休み時間にどこからともなく、「モスラーヤ、モスラー」という歌が聞こえてきます。

私は穴があったら入りたかった。この原作に父もが加わっていることを友達に知られたくなかった。この映画が、いかに、どのような意味がこめられていようとも、そんなことは子供にわかるはずがないのです。子供社会は難しい。モスラの子(?)などと、絶対に言われたくなかった。

モスラの原作は、「上」が中村真一郎「草原の小美人の美しい歌声」、「中」が福永武彦「四人の小妖精見世物となる」、「下」が堀田善衞「モスラついに東京湾に入る」という構成になっています。

「二人が勝手なことを書くから、最後の始末をするのが大変だったんだぞ」と、父はそう言いながらも楽しそうでした。若き日の仲間たちとのめったにない共同作業、戦後派作家三人の遊び心と批評精神は、たぶん銀座のバーで一杯飲みながら……。『審判』『海鳴りの底から』、そして『モスラ』、この三作が共存している頭の中の構造、一体どういうふうになっているのでしょうか。小説家の頭の中は、不思議、不思議のなんとやら、です。

この年の三月、父はA・A作家会議国際準備委員会の委員長を、そして東京大会の事務局長を務めていました。父の顔、家でほとんど見た記憶がありません。たまに帰ってくると、疲れているな、というのがよくわかりました。お金集め、各国との折衝、日本国内での調整等々。

この年も『審判』の連載は続いていましたが、五、八月号は休載しています（そして翌年の五、八月号も）。這うようにして二階の書斎へ一歩一歩上がっていく父の後ろ姿を見たのは、この時期だったのでしょうか。一九六三年三月、三年余にわたって『世界』に連載をしていた『審判』が完結しました。そして一〇月に単行本として岩波書店から刊行されています。長い連載でした。一〇〇〇枚を超す原稿でした。

その間、父は六一年に中国へ行き、六二年に第二回A・A作家会議カイロ大会へ出向き、帰途、モスクワ、パリ、マドリードへ寄り、同年一〇月にコロンボ（セイロン＝現スリランカ）にて行われたA・A作家会議理事国会議・国際書記局会議に出席しています。

六〇年九月から六一年九月までは、『海鳴りの底から』も並行して執筆しています。広島、そして島原半島への取材も同時に行われていました。精力的に仕事をしているとか、脂の乗った時期とか言うことは簡単ですが、取材、そして書くという作業もさることながら、締め切りという時間との戦い、本当に大変だったのだと思います。

『審判』と『海鳴りの底から』の連載中、私はまだ小学生。子供だったこともあるとは思いますが、仕事について話してくれた記憶はありません。父が子供にかみ砕いて話すような内容でもなく、そして父自身に話すという余裕がなかったのかもしれません。

一九九〇年八月六日、ＮＨＫ教育テレビにて「ＮＨＫセミナー　現代ジャーナル　作家が語る自

作への旅　堀田善衞作「審判」が放映されました。この番組の中で父は語っています。

こういう小説、アメリカ人を主人公にして、それも原爆を広島に投下した飛行機のパイロットという設定を作り、アメリカ人のパイロット――ポール・リボートという名前をつけたのですが、この人は戦後、頭が少しおかしくなってきちゃったんですね。つまり、広島で二十数万人を一挙に殺したということについての、それが一体罪であるのか、あるいはただの戦時行為なのであるか、という判定がつかないわけですが――そういう人物を選んだわけです。その人物の容貌、相貌を、私はフランスの画家ルオーの自画像を見ていて思いついたわけです。日本へ行けば、あるいは最終的に広島へ行けば、そこで何らかの解決、あるいは審判というものを受けられるのではなかろうか。再生のための、もう一度生きるための道というものが、日本にあるのではなかろうか。そういうことを考えたわけなんです。（略）

広島に原爆を落としたB29機は、テニアン島の基地で従軍牧師から「イン・ザ・ネーム・オブ・ジーザス・クライスト」、イエス・キリストの名において行って来い、そして原爆を落として来いと、そういう送別の辞を受けて出発しているんですね。これは驚くべき話でありまして、したがってそこからは、どうしても神の問題、あるいはこの世の中全体、人間世界全体の問題というものが、否応なく出てきてしまうんですね。また同時に、キリストの名において原爆を投下して、二十数万人を一挙に殺してしまった、そういうことについて、負い目を感じないパイロットたちもおそらくいるでしょう。負い目をもし感じたとすれば、その罪悪感といいますか、その苦痛は人類に共通する苦痛じゃないわけなんですね。その人一人だけの、罪悪感であり、苦痛であるという、天地が引っくり返ったような、そういうものになるわけです。つまり、人間はいろいろな罪を犯しますけれども、人類に共通項のない苦しみといいますか、苦痛になると……。

そして、父は『堀田善衞全集5』の「著者あとがき」にこう記しています。

「筆者自身としても、この作品について何かを言うことは、現在でもある苦痛の感を伴うものがあった。(略)／なお、同じく『審判』と題された、故武田泰淳氏の傑作が別にあることを、付記しておきたい。『審判』という命題は、戦争を通過して来た戦後世代にとっては、避けては通れないものである」

私自身は戦後の生まれです。いかに、どう考えてみても、父の著作――たぶん渾身の、と書き添えたほうがいいのかもしれませんが――『審判』について、軽々しく何かをここに書くことはできません。父自身の言葉を大切にしたいと思います。

一九六四年七月。父はキューバへ出かけました。キューバ革命蜂起記念祝典に、『エコノミスト』編集長山本進氏とともに招かれたのです。出発前に私は聞きました。

「キューバへ何しに行くの?」

父は答えました。

「わからん、キューバのことは何も知らない。でもきっと面白いぞ」

キューバのことは何も知らんと言いながら、キューバ問題についての本が何冊も書斎に積んでありました。何にしても勉強はしているのです。キューバから帰国後、父は『世界』一九六五年一、二、四、五月号に「キューバの内側から」Ⅰ、Ⅱ、Ⅲ、Ⅳとして連載。六六年一月に、その後書き下ろしたものも含めて岩波新書『キューバ紀行』として上梓しました。

> 一九六四年の夏、七月二六日の夕刻、夕刻といっても夏時間制をとっているキューバでは、午後の四時半だの五時だのといっても、まだまだ日はカンカン照りに照っていて、それはもう暑いといったらなかった。私は、なんとも派手な帽子をかぶって、キューバ東端のオリエンテ州、サンチャゴ・デ・クーバ市の大運動場のスタンドにいた。（略）
> 　それらのことは措くとして、フィデル・カストロ氏の演説に魅力というものがもしあるとすれば、それは彼の演説がもつ論理性にある、と私は思う。それを英語の通訳を通じて現実に聴いた限りでもそう思い、またその後に十七、八の演説を英語とフランス語の訳を通して読んでみた限りでも、私はそう思ったものである。（略）
> 　つまり、フィデル・カストロの論理性とは、その実質実体は、小なりといえども誇り高い独立国としてラテンアメリカの現実のなかに実在したいという熱望に支えられた、キューバのその内側から見ての論理性なのである。しかもキューバがその論理常識を通そうとすると、米国の政府や巨大会社が怒り出すという論理であり、この論理がラテンアメリカの全体に通じるようになると、アメ

リカによる植民地的支配が全体的に崩れるかもしれぬという、そういう論理性である。

（『キューバ紀行』岩波新書）

キューバから、父は一路モスクワへ飛び、そしてパリに寄り、二ヵ月後ようやく帰ってきたのでした。パリで仕入れてきたキューバ関係の本を山ほど持って帰国した父は、まずフィデル・カストロ氏の演説の長さに閉口、自分が思っていたキューバとはまったく違ったこと、そしてハバナ郊外にある立派な芸術家養成学校をもってこの革命の成果があると言い、大変愉快かつ勉強になった、歩いていて、見ることを怠らなければ見えるし、聞くことを怠らなければ聞けると、家内報告をしていました。

一九六五年。パリのところで触れましたが、五月、父は「ベルリン・ワイマール国際作家会同」という、ナチス打倒二〇周年、ドイツ民主共和国建設二〇周年の記念大会に招かれ、中野重治氏とともに東ドイツ各地での集会に参加。その後、西ドイツにも滞在しています。六月にはアルジェリアで第二回A・A作家会議の開会を待っていましたが流会となり、パリへ。七月、パリにて、初めて海外に出てきた私と合流後、約一ヵ月間スペイン各地を回りゴヤの取材をしたのでした。東西ドイツでの日々は、父にとって辛い、苦いものを飲み下しつつの旅であったようです。パリでしばらく一緒に過ごした私にも、父は多くを語りませんでした。

パリのアパルトマンの仕事机の上で、原稿用紙や本が散らばっている中、絵というか、デッサンというか、一枚の画用紙を見つけました。いくつもの煙突のようなものから煙がたなびいている、隅に「悲風千里」と記されている絵でした。父に聞きました。

「お父さん、この絵、どこ?」

父は答えてくれました。

「それはな、ワイマールの近くにあるブッヘンヴァルトの強制収容所だ。この収容所でナチスに殺された人々の国の名を印した塔から追悼の煙が出ているんだ。言葉が出てこないから、絵を描いた」。それだけ言って、父はそっと絵を裏返しました。

未来ではなくて、過去ならば、そこらここらにごろごろと、いくらでもあるのです。ワイマールという町自体が、ドイツの過去の、一つの博物館みたいなものでしょう。ゲーテやシラーの家のことだけではなく、ワイマール共和制ということについても、そう遠いむかしではないにしても、過去は過去にちがいありません。それに、近い過去としては、バスで三十分もかからぬところにある、ブッヘンヴァルトの強制収容所あとがあります。(略)
このブッヘンヴァルトの殺人工場で、ギリシャからスペインまでの十八カ国の人々が殺されています。この一つ一つの国々のために、国名をしるした十八の塔が並びたっていて、塔上には黒々とした煙を吐く炬火が燃えさかっています。その煙の黒々としたおどろおどろしさには、人から言葉を奪ってしまうものがあります。

どうしてこういうことがありえたのか？

と、その煙が問いつづけていると思われるわけですが、東西ドイツがいつか統一され、単一の国家となる日があるとしたら、その一番奥底の基底となるものは、ひょっとしたら右の、ドイツ民族の深い淵からの問いであるかもしれないという、不幸な感想をもちました。

そうして、かかること、かかる巨大な殺人工場がまさに在りえたということの責任は、それがドイツ民族の責任を解除するものではなくて、いまではすでに二十世紀に生きた人間それ自体の責任といったものになりつつあると思うのです。そのことを、この収容所での生残りであるというドイツの作家の説明を聞きながら思った次第でした。説明をしてくれるこの作家の顔を私は正視できない気持でした。

（「静かなヨーロッパ」『歴史と運命』）


見る、そして考えると、父はよく言いますが、見て、そして言葉を失うということもあるのでした。「悲風千里」と記された決して上手ではない父の絵の、あの黒々とした煙を、私は忘れられません。

一九六六年。一月、父は『若き日の詩人たちの肖像』の執筆を始めました。『文藝』六六年一月号から六八年五月号まで、二八回にわたる連載、約一五〇〇枚の原稿でした。

長い連載はわが家ではもう慣れっこになっていました。いつ終わるかわからない父の連載に、家族はそうそう付き合ってはいられません。父、母、私、それぞれがそれぞれの時間を過ごし、暮らしていた時期です。五〇歳を目前にして、父は自らの青年時代とその背景を振り返り、そして語ります。自伝ではなく、自伝的と言っています。

父は、富山県射水郡伏木町本町（現高岡市伏木）にて生まれました。生家は鶴屋という屋号の廻船問屋でした。明治二一年発行の『中越商工便覧』によれば、「伏木港本町／堀田善右ェ門／米穀兼北海道産物／諸般船荷問屋商／和洋船舶廻漕業」と記されています。

北国の小さな港とはいえ、イギリス、ソヴィエト、ギリシャなどの外国籍の船も停泊し、町で外国人が買い物をしたり、ブラブラと歩いていることが何の不思議もない、そして外国の船乗りたちが家に遊びに来て、飲み食いをしていることが何の不思議もない、そういうところで父は幼年時代を過ごしました。家業が傾き、父は金沢のアメリカ人宣教師の家に下宿をし中学に通っていました。下宿先である宣教師夫婦、その子供とは英語で話さなければなりません。ここで、父にとって英語は難しいものではなく、日常の言葉となっていったのでした。

一九八二年一月一一日、NHKラジオ第一放送で放送された自作朗読「「若き日の詩人たちの肖像」「曇り日」から／「文学と私」」の中で、父は、要約すれば、次のように語っています。

「そういう中で育った。それ自体が私自身なのだ。他の日本の人たちとは違っていたのかもしれない。他の人と違った少年時代を送ったことが、他の人と大変違った要素を私に与えたのだろう。中学一年のとき、満州事変が始まり、少年時代から青年時代、他動的に方向が決まってしまっている若い日を送らなければならなかった。人生の大枠が他動的に決められているという中で、生きていく工夫のために、文学というものを選んだ。それは国家、社会が決めた大枠への戦いでもあった。そして学生時代は、友人に非常に恵まれた。戦時下であっても、文学的に豊かな精神生活を送ることができた。「荒地」の人たち、中村真一郎、福永武彦、加藤周一、白井浩司、芥川比呂志、今にしてはそうそうたる、当時の文学青年たち……」

父が語る、父かもしれない少年が、若者に、そして男へと成長し、友とともに過ごした日々は、青春としては暗い谷底であることは間違いのないものです。未来はないとわかっていても、ともに文学を語り、本を読む。人間を見る。国家を見る。世界を見る。召集令状を待つ、待たなければならないその時間にそれが出来た、父かもしれない若者の物語なのでしょう。

父の言葉を添えておきたいと思います。

従って、ここに筆者の友人であった多くの詩人たちが登場して来てくれるのではあったが、この作品の影の主人公は、いや白日の輝光のなかに躍り出ている主人公は、当時の日本帝国そのものであったかもしれない。（略）

もう一度、従って、という言い方を使わせてもらうとすれば、従って、この作品は国家の暴横に対する怒りの文学であったかもしれない。

現代の若い読者諸氏には、近代日本というものが、如何なる時期を内包していたものであるかを知ってもらうためにも、筆者はこの作品を諸氏の手に渡したいと思っている、と言うことを許して頂きたい。かの戦争における厖大な犠牲の果てに克ち取られた、現在程度の自由を守りつづけるためにも……。

（「著者あとがき」『堀田善衞全集７』）

『若き日の詩人たちの肖像』は、次の一文で終わっています。

「鉛色の北の海には、立派な波が、男がこれまでに耳にしたありとあらゆる音楽の交響を高鳴らせてどうどうと寄せて来ていた。それだけで、充分であった」

鉛色の北の海は、おそらく伏木国分浜《こくぶはま》でしょう。伏木の父の生家から、歩いて一〇分か一五分ぐらいだったと思います。半世紀以上前の私の記憶では、青々とした田んぼを一本のまっすぐな道が貫き、そこを通り過ぎると目の前に国分の海岸が広がっていました。砂浜に立ち、海を見つめると彼方にまっすぐな水平線が見渡せました。私の記憶では夏、まだほんの子供だったころのことです。浜にはいくつかのよしず張りの海の家がありましたが、それほどに賑わっている様子はありませんでした。水着姿で砂遊びに興じ、浜を転がり回り、砂だらけになっている私の横で、父はじっと海の向こうを見つめていました。海に波はなく、晴れ渡った夏の午後でした。わずかに記憶の片隅に残っている、しかし忘れられない光景です。

一九六八年八月一六日。父はモスクワの作家同盟からの電報を受け取りました。電報は、九月にソ連・ウズベク共和国のタシュケントで開催されるＡ・Ａ作家会議一〇周年記念の文学シンポジウムに出席してくれないかという内容だったそうです。

八月二一日。この前夜、「プラハの春」と呼ばれた民主化運動を起こし、「人間の顔をした社会主義」を目指していたチェコスロバキアの人々に、ソ連のブレジネフ政権はワルシャワ条約機構五ヵ国軍を送り込み、軍事弾圧を強行したのでした。父は、食い入るように新聞を読み、テレビのニュースを見ていました。いくつか電話もしていました。


私は、行くことにきめた。先に言った用事もさることながら、行って見て来ようと発心したわけであった。行って見て来ようなどとは、はなはだ無責任な言い分というふうに聞えるであろうが、いったい、長年の友人である彼らの作家たちがどんな顔をして何を言うか、このことだけをでもたしかめてみようと思い立った。私としては六度目の訪ソである。

（『小国の運命・大国の運命』筑摩書房）


父は、母と私を呼びました。

「君たちに話がある。モスクワへ行くことにする。他に用事もあるからな」

父の表情はいつになく厳しく、物言いは有無を言わせぬものがありました。

母は、一瞬表情が強ばっていました。

「行くの?」そう言うと、母は台所へ行き、黙って夕食の支度を始めました。母という人は、神経質ではありましたが、比較的肝っ玉のすわった人でした。が、このときだけは違いました。

私は口を挟むことはしませんでしたが、母の思いはわかっていたような気がします。たぶん、父のことだから、タシュケント、モスクワへ行くだけですむとは思えない。きっとプラハまで行くだろう、と。砂川闘争のときや、六〇年安保のデモとは事が違いすぎる、あなたには家族も仕事もある、それでも行くのかと、母は問いたかったのでしょう。家の中には一触即発の緊張感がただよっていました。父がモスクワへ出発するまでの間、母は終始無言の行でした。

九月一九日、父は出かけました。そして一ヵ月半、音沙汰なし。

一一月三日、父から電話がかかってきました。海外の出先から電話をかけてくることなど、今までになかったことです。

「今、パリにいる。明日、チェコへ行く。大丈夫だ、心配するな」

「お金、足りてるの?」と、母は聞き、短い電話は切れました。

そのときの母の大きな溜息が、今でも耳に残っています。

父はモスクワからヘルシンキへ、そしてストックホルム、ロンドン、パリを経由して、プラハへ行ったのでした。チェコスロバキアで見聞きしたことも含めて、この間のことは『小国の運命・大国の運命』に詳細が書かれています。父が日本へ帰国したのは一二月二四日、クリスマスイブの夜でした。父はタシュケントでの経緯についても語っています。

一九六八年といえば、ソヴィエトがチェコに侵攻した年です(八月二十日)。第一回アジア作家会議がハンガリー侵攻の年で、その十二年後に再びソヴィエトによる武力侵攻が起こるというのも、何か歴史的な因縁を感じますが、ともあれ、私はその会議のなかで、ある一国が他国で面倒が起こっているからといって、軍隊をもって鎮圧するなどということは、とんでもない話である、といった趣旨の演説をしたのです。

そのとき私の後ろにいたソヴィエトの議長団の目付きといったらものすごかった。

(「中ソ対立のはざまで」『めぐりあいし人びと』)

父はモスクワからヘルシンキ、ストックホルム、ロンドン、パリと移動するについて、陸路、海路を使い、飛行機を使っていませんでした。ある種、何か、迫ってくる危険というようなものを感じていたのでしょうか。

一九六七年、六八年と、わが家は激動の時代ともいえる慌ただしさ、面白さ、といったら語弊があるかもしれませんが、とにかく家の中でいろいろなことが起こっていたのです。それは家の外には出せない、いろいろなことでした。この項を書くについて、私の記憶が正確であるのかどうかまったく自信がないのです。『となりに脱走兵がいた時代——ジャテック、ある市民運動の記録』(思想の科学社)を参考にして、日付、名前等は確認をしました。父も正確なところはどこにも書き記してなく、父の記憶が新しいころは、まだ書けなかったということもあるとは思いますが……。一九六七年秋も終わりのころ、元『週刊読書人』の編集者で、ベ平連の世話人でもあった栗原幸夫氏の電話から始まったのでした。父は、母と私を呼びました。

「クリさんから電話があった。横須賀の空母イントレピッドから脱走したアメリカ兵四人のうちの二人を何日かかくまってほしいということだ。承知したから、よろしく頼む」

母は言います。

「わかった。でも、どうする?」

「いや、特別なことはしなくていい。わが家のいつもの時間割どおりでいい。ただし、電話は気をつけろ、うちは盗聴されているかもしれないからな。この件、どこにも、誰にも言うな」

そして父は私に向かって言います。

「君はいつもどおり学校へ行けばいい。いつまで預かるかわからないから、それだけは承知してくれ」

私はエッ、エーッと思わず唸ってしまいました。この年、私は受験生だったのです。戦後最大の学生数と言われている世代でしたが、それほどの必死さをもつ受験生ではありませんでしたので、これも何かの縁、承知したと父に答えました。口には出しませんでしたが、そして少々不謹慎ではありますが、これはちょっとワクワク、面白いことが起こるかもしれないと思ったものでした。

夜陰にまぎれて(?)彼ら脱走兵が来るまでの間、母と私は、当分家から出られないかもしれないからと、食料の買い出しに行き、客間に布団を用意し、準備をしました。父からは、車のガソリンを満タンにしておけと言われていました。

その日の夜遅く、栗原さんに連れられて、二人の脱走兵がやってきました。二人とも、私とたいして年齢のちがわないアメリカの青年でした。わが家の居間のソファに座った二人を見ていると、ハイスクールの卒業パーティにガールフレンドと一緒に行くのを楽しみにしているような、そんな若者たち。そういう第一印象をもったことを覚えています。

父はウイスキーとチョコレートを出し、飲みながら英語で話していました。うちにいる限り、彼らは脱走兵ではありません。リチャード・ベイリーさんとジョン・バリラさんです。二人は、父と英語で話せることで安心した様子でした。

栗原さんと父は、今後の相談をしていました。栗原さんは、電話連絡は暗号名を使いますといい、それぞれの方の暗号名を父に伝えていました。私が覚えているのは、べ平連の事務局長吉川勇一さんが〝ウスイ〟さんということだけ。吉川さんは髪の毛が薄かったのです。

ベイリーとバリラ、二人はその夜、わが家の日本間の布団でぐっすりと眠れたのでしょうか。

翌日か翌々日、父は栗原さんに、わが家もそう安全ではないかもしれない。蓼科の山荘に移動したらどうかと提案し、急遽母の運転で、ベイリーとバリラは蓼科の山荘へ移動していきました。私は留守番。玄関で、バイ・バーイと手を振り、彼らの幸運を心から祈っていました。

その後、一週間ほどを蓼科で過ごし、出国の段取りが出来つつあったときに、栗原さんと小中陽太郎さんが蓼科へ二人を迎えにきたのです。ベイリーとバリラ、そしてマイケル・リンドナーとクレイグ・アンダーソンさんの四人は、横浜港から、オンボードパス(面会乗船券)だけでソ連船バイカル号に乗船、無事公海上へ。ソ連大使館は見て見ぬふりをしてくれていたそうです。蓼科の山荘から戻ってきた父は言います。

「これからまだまだ続くぞ」

続いたのです。翌年一九六八年一月、再び栗原さんからの連絡で、金鎮洙《キム・ジンスウ》(アメリカでの名前はケネス・チャールズ・グリッグス)さんが、わが家にやってきました。なにしろ、私は受験生なのです。翌月には入学試験を控えていました。とはいえ、父が、家に受験生がいるからと断るわけもなく、またもや巻き込まれていきました。当時、私は、金さんがわが家に来るまでの経緯をよく知りませんでした。

『となりに脱走兵がいた時代』によれば、金鎮洙さんがヴェトナムから休暇で日本へ来て、軍に戻らず脱走したのは前年一九六七年の四月。当初、朝鮮総連へ行ったが、かくまうわけにはいかないということで、総連の勧めでキューバ大使館へ行き、いったん大使館の中に入ったら外に出られる見通しはないままに、キューバ大使館に入ったのでした。その間、在日米軍は日本の外務省に、彼が行方不明であると連絡。キューバ大使館は外務省に、アメリカ兵がキューバに亡命を求めていると連絡。外務省は彼の引き渡しを要求。キューバ大使館は、政治亡命者を他国へは引き渡さないというハバナ条約に加盟しているので、渡せないと回答。警察はキューバ大使館を監視下におきました。八ヵ月後の一二月末、彼はキューバ大使館に無断で外へ出て、総評を頼りますが、年末年始の休みに入っていてどうにもならず、年が明けて、総評の方がべ平連に連絡。

その後、栗原さんに連れられて、わが家に来たのでした。

金さんの第一印象、日本人と言われれば、そうかと思う細面の顔立ち。神経質そうでした。父は、彼のこれまでの経緯をおもんぱかってか、急いで話すことをしなかったようです。毎晩、ウイスキーを飲みながら、ゆっくりと英語で話していました。ただ困ったことに、彼は外へ出たがったのです。わが家の庭からは逗子の海岸が見えます。海岸へ散歩に行きたいと彼は言い、父は私を呼んで、一人で行かせるわけにはいかないから、一緒に行ってこいと言うのです。女連れなら怪しまれないとまで言うのです。

私は渋々一緒に出かけました。彼は少しだけ日本語を話すことができ、海岸までの道すがら、「楽しい?」と、何度も聞くのです。私が楽しいわけがありません。だからといって、楽しくないとも言えません。私はうなずくだけにしていました。彼の言った「楽しい?」は、「楽しい」の本来の意味ではなかったのかもしれません。

何度か散歩の相手をしました。そして「楽しい?」と聞かれました。私はそれどころではありません。父から町中へは出るなと言われていましたから、海岸から町へ出ないように、派出所の前は通らないように、細い裏道を誘導していくので精一杯だったのです。「楽しい?」と聞かれたことだけが私の記憶に残り、他に何を話したのかは覚えていませんが、とても複雑な感情をもつ厄介な人だなというふうに思ったことを、今にして思えばですが、記憶しています。

一週間か一〇日後、母の車に父と私も同乗して、彼を大船駅まで送りました。帰りがけ、鎌倉のドライブインに寄り、父、母、私、三人でコーヒーを飲みました。なぜか申し合わせたように、それぞれが大きく息を吸い、大きく息を吐いて顔を見合わせていました。


が、これで終わらなかったのです。神戸から中国船に乗船したものの、降ろされてしまった。彼は戻ってきました。数日後、夕食のときに問題が発生しました。彼は母の作った料理に文句をいい、箸が汚れていると、また文句をいい、食事の途中で席を立ちました。ついに母が爆発。父もさすがにもう限界だと思ったのでしょう。栗原さんに迎えにきてくれるよう頼みました。

脱出がうまく行かず、先行きの見通しのたたない彼の時間が、苛立ちを増幅させていたのかもしれません。人の苛立ちは伝染するものです。父にも、母にも、そして私にも。

その後、私には金鎮洙さんのことを振り返っている暇も、余裕もありませんでした。いくつかの大学を受験し、第一志望は落ちましたが、とにかく大学に合格し、入学しました。

私が大学に通い始めてしばらくして、べ平連が、金鎮洙さんと他に何人かの脱走兵がモスクワに到着したことを発表しました。

「いろいろあったが、何とかうまくいったな。彼らは、これからが人生だ」と、父は言い、わが家にいつもの日々が戻ってきたのです。

もう一度ありました。六八年の五月、またもや栗原さんからの連絡で、父は引き受けました。オウヤン・ヨーツァイさん、上海生まれ。ベイリー、バリラ、金鎮洙さんたちより、少し年上だったのではないでしょうか。見た目穏やかな、静かな人でした。

ただ、オウヤンが来たときは、ベ平連がイントレピッドの四人、金鎮洙さんの声明を発表し、脱走兵を援助していることを公表していましたので、逗子の家で長期にかくまうことは危険でした。オウヤンは父とともに蓼科へ行きました。蓼科の父の書斎の窓辺に、白っぽい石の塊が残されています。石肌に、几帳面な字でこう書かれています。

"TO HOTTA FAMILY; WHOM I SHALL REMEMBER, AS LONG AS THIS STONE EXIST."
YOTSAI 6. 17. 68

父も亡くなり、母も亡くなり、わが家で過ごしたベイリー、バリラ、金鎮洙、オウヤンさんのことを私に思い出させ、語ってくれる、唯一の石です。

一九七〇年代に入ります。

ゴヤさんと武田先生の死

一九七〇年、父は五二歳でした。

このころ、わが家にブースケ君がやってきました。ブースケ君はセント・バーナード犬。わが家へ来たときには、すでに体重は一〇キロを超えていました。父は犬が好きでした。私が物心ついたころには、いつも犬が何匹か庭で遊んでいましたが、ブースケ君は特別。父は溺愛していました。めったに散歩などに出かけない父も、ブースケ君とは散歩に出かけていました。

「ブーちゃん、散歩に行くか」

父がリードを持つと、ブースケ君は喜びいさんで、大きな尻尾をふりふり、父に飛びついていました。が、セント・バーナード犬の成長は早く、あっという間に体重は五〇キロを超してしまい、父は引っ張られては転び、傷だらけ。その後、散歩は犬のトレーナーに任せることになったのです。

夕食後、父はブースケ君を家の中に入れ、しばし遊びます。新聞を読んでいる父の隣にブースケ君は座ります。ソファは毛だらけ、よだれでベタベタ。

「ちょっと行ってくるからな」と言い聞かせ、父は書斎へ行きます。

その間、父のソファにはブースケ君が長々と横になり、時々テレビを眺めています。まるで父の代わりを務めているようです。父は仕事を終えて戻ってくると、

「ブーちゃん、帰ったよ」と言って頭を撫でます。

そして寝酒を飲む父の横で、ブースケ君はコーラを飲みます。ブースケ君の好物は、コーラとミカンなのです。毎夜の、父とブースケ君の憩いのひとときでした。

夏場は、もちろん一緒に蓼科へ行きます。ただ、大型犬は短命なのです。ブースケ君は具合が悪くなりました。父は大心配。獣医さんに往診を頼み、手を尽くしましたが、亡くなりました。蓼科の家の庭に、父の書いた墓標が立てられています。

「夢幻童子　ここに眠る」

愛されていました。

その後、深夜の憩いのひとときがなくなり、父は手持ち無沙汰、少し淋しそうでした。しかし、それでめげる父ではありません。しばらくして二代目ブースケ君を飼ったのです。再びこの大型犬との仲良しこよしが始まったのですが、父はスペイン行きを決めました。さてどうするのか。

それは、犬のブースケ君のことである。夕食をおえて、いつものようにこの巨大なセント・バーナード犬を家に入れると、普通ならば長椅子を一つ占領して寝そべっている筈なのに、家内や私が立つとどこまでもあとをつけて来る。便所へ入れば、その前で出て来るまで待っている。いつも

の、大きな屈託のない顔つきではなくて、とにもかくにも物問いたげであって、これには夫婦ともども閉口をした。すでに一週間くらい前から、何かの物の気配を察してかどうにも落着かなくはなっていたが、これはもう完全に知っているという状態になってしまっているのである。

家内の顔は曇り、私としては酒を飲んで、

「しばらく待ってれや……」

と言うしかない。

この最大型の犬は、気候風土がやはり合わないのか、比較的に短命なのである。先代のブースケ君は五年そこそこしか生きなかったのであるから、彼にとって一年、二年とはまことに長の年月ということになる。それを思うと胸が痛い。

(『航西日誌』筑摩書房)


当時、私は東京に住んでいました。日々ブースケ君の世話をするわけにはいかないので、ブースケ君は散歩に連れていってくれるトレーナーのところに下宿をすることになりました。私が掃除や管理のために逗子の家に出かけたときにだけ、何日か戻ってきていました。

帰ってきたブースケ君、もう大変です。家中を走り回り、書斎のドアを押し開け、父を捜します。どこにもいないことがわかると、父の匂いのするソファに飛び乗り、大声で啼いていました。私では、代理は務まりませんでした。

「ブーちゃん、淋しいね」と頭を撫でてあげて、慰めるくらいしかできません。

あるとき、スペインで父が出演した番組がテレビで放送されました。父の声がテレビから聞こえると、ブースケ君、ウロウロ、ウロウロと父を探し、声が聞こえるのに、父はいない。それがどうにも納得できないといった顔つきをしていました。

二代目ブースケ君も、やはりそう長生きはしてくれませんでした。

ブースケよ、安らかに眠れ。
天国には、オトウチャンやオカアチャンの代りに、
神様という人がいる筈だ。
その人の膝は広くて、
その上で充分昼寝も出来る筈だ。
君が如何に大きくても大丈夫の筈だ。
安らかに眠れ！
君はいい子だった。
戒名は君の兄さんにならって、
夢幻童子二世、とする。

ぼくとオカアチャンが、
エスパーニア国という、

大分遠いところにいて、
君の辛いときにいなかったことを、
君に心から詫びる。
しかし、犬にも人にも、
運命というものがあることは、
もうわかっているだろう。
さよなら、ブースケチャン！
君はいい子だった。
夢幻童子二世よ！

思い出尽きず、
さればその一つ。

おにいちゃんが魚釣りに行って来た。
そのうちの一匹を、ブースケにあげた。
それを食べながら、
オトウチャンを見上げた。
その顔が忘れられない。

〝なんだ。
オトウチャン、
サカナは骨だけではなくて、
ちゃんと身もあるんじゃないか！〟

さよならブウスケちゃん。
合掌。
夢幻童子二世よ！
悲しみきわまれば泪も流れず。
されば、これにて。

一九八三年七月二十一日
於バルセローナ。

このブースケ君への弔辞は、父のバルセロナ時代の日記に挟み込まれていたものです。読んでいて、私までもが、涙ぐんでしまいました。
合掌、父の愛したブースケ君。

一九七〇年三月、純文学書下ろし特別作品として『橋上幻像』(新潮社)が刊行されました。日本軍のニューギニアでの人肉食、ナチスのユダヤ人虐殺、ヴェトナム戦争のアメリカ人脱走兵を扱った連作です。

一年を費やしての執筆でした。小説家というものは、実に難儀な職業なのだということを、この小説を書いている父の姿を見ていて、つくづくと思ったものでした。読者を想定して書くということは、プロの作家としては当然なことで、それはそうなのでしょう。しかし、書いておかなければならないという作家の思い。書かなければならないという作家の責任。それは自分自身へ向けて？　読者へ向けて？　一体誰に、どこへ向けて書いていくものなのでしょうか？

『橋上幻像』について、父は自作を語るということをほとんどしていません。全集の「あとがき」でも、石川淳氏の批評を引用していました。単行本の挟み込みで、『『橋上幻像』をめぐって」として、安岡章太郎氏と対談をしています。それが自作を語った唯一のものなのではないでしょうか。父の言葉だけを少し抜き出してみました。

いまから十何年か前に、ある雑誌に連載小説を書いてくれといわれて、三十枚ほど書いて、結局、その連載小説は、機が熟していなくて出来なかった。その頃からあの橋は書きたいと思っていた。三角というか、Y字形になっているあの橋が書きたかった。

Y字形になった橋は、三吉《みよし》橋といって、銀座一丁目ぐらいのところ、京橋の裏、あそこにあるのよ。とにかく三つ橋がつながっている。そういうものを書きたいということをずっと前から考えていた。ひょっとすると、学生時代にあの橋をはじめて見たときからかもしれないね。（略）

こんどぼくはほとんどはじめて作家という商売はいやな商売だと思ったね。なぜって、毎日会社にでも行っていれば、そんなこと思い出したってちらっと出てきた程度で、あァあァと思っていれば多分すむだろう。完全にすまないにしても、まわりの世間がある程度カバーしてくれはしないか。ところが当方は、それを意識化しなきゃあならん。ましてやそれを書くなんてのは言語道断だね。

（略）

『橋上幻像』に書いたような、妙なメタンガスかお化けみたいなものがぼくらに強制するんだよ。こんどはぼくらは、それを引き受けざるを得ないわけだ。

ぼくは文学という強制収容所に入れられているという気が、これを書いているあいだ、つくづくとしていた。

父自身の表面に表れる苦渋というものは、日常会話に出ることはなく、眉間のしわだけでした。後に一度だけ言っていたことがあります。

「最後の「名を削る青年」は、書くのが早すぎた」

一九七〇年七月、筑摩書房の総合雑誌『展望』に『方丈記私記』の執筆を開始。翌年四月号までの連載でした。私は大学三年生、すでに逗子の自宅を出て、東京に住んでいました。とくに、このころの父の日常の様子は、ほとんど知らないのです。

当時の、父の担当編集者、岸宣夫氏に執筆時の話を伺いました。

当初、『方丈記私記』は連載でもなく、単行本になる予定などもなかったのです。筑摩書房の企画した書下ろしのシリーズ「私の古典」の中に入るはずの「方丈記」でした。他には、野間宏著『歎異抄』、木下順二著『随想　シェイクスピア』、田中美知太郎著『プラトン「饗宴」への招待』、増谷文雄著『原初経典　阿含経』などが出版されたそうです。

ＰＲ用の予告も出た。しかし、父は書かない。では、『展望』に連載して、仕上がったら「私の古典」シリーズの一冊として出すということではどうかと提案され、父は、それなら出来るかもしれないということで、連載が開始されたのでした。

岸さんは、数年前に『展望』編集部に配属されたとき、誰が堀田善衞の担当をするかということになり、即座に手を挙げたそうです。しかし、これが岸さんの編集者人生、ご苦労の始まりなのでした。以来、父が亡くなるまでの三〇年、父は担当編集者は岸さんでなくては駄目だと言い、営業部に異動しても、教科書部に異動しても、筑摩書房での父の仕事はほとんど岸さんが担当。単行本も、二度の全集も、岸さんが編集作業をしてくださったのです。

そして父の没後は、著作権を継承した私の、出版関連の相談役をしてくださっているのです。茫々五〇年、親子二代にわたって手助けしていただき、静かな定年後の暮らしに乱入し、本当に申し訳なく思っています。

私が以下に語ろうとしていることは、実を言えば、われわれの古典の一つである鴨長明「方丈記」の鑑賞でも、また、解釈、でもない。それは、私の、経験なのだ。

『方丈記私記』は、この一文で書き始められたのでした。連載は、原稿が滞ることもなく、淡々と進められていったそうです。が、一度だけ――七〇年一一月、父は第四回A・A作家会議ニューデリー大会に出席するため出かけなければならない。翌日がその出発日というときに、「岸さん、原稿が間に合わない。今日は手伝ってくれ」と言われたそうです。

岸さんは父の指示した岩波の日本古典文学大系『方丈記』からの引用文を書き写し、父に渡す。父はそれに続けて原稿を書く。そして岸さんは、次の引用文を書き写す。その繰り返しで、深夜に原稿は出来上がったそうです。わが家に泊まり込んで、父の仕事の手伝いをしてくださった編集者は、岸さんただ一人です。

後日談があります。連載が終わり、「私の古典」シリーズとして出版を、ということになったとき、父は言ったそうです。

「岸さん、あんな装丁の本はイヤだ」

「私の古典」の造本は、四六判、並製、ビニールカバー装の地味な装丁であったそうです。

それに、この「私の古典」、後が続かず、途中で刊行が立ち消えとなったらしいのです。「こんなシリーズに入れられてはたまらない、という先生の判断は、まったく正しかったのでしょう」と岸さんはおっしゃってました。次に、

「岸さん、一〇章分それぞれの章のタイトルを考えてください」だそうです。岸さん曰く、

「あれは、先生の、私という編集者への入学試験だったのだと思いますよ」

作家というものは、何と勝手な人種なのだろうと、思われたのではないでしょうか。もしテストだったとしたら、もう花丸・二重丸の合格点でしょう。結果、七一年七月に単行本として出版されたのです。四六判、上製、布装、貼函入り。当時としてもかなり贅沢な造本でした。

岸さん、編集者になって初めて作った単行本です。そしてこの『方丈記私記』は七一年一一月、第二五回毎日出版文化賞を受賞したのでした。よかったです。父にとってではなく、岸さんにとって、です。

その後、ちくま文庫に入った『方丈記私記』は、『インドで考えたこと』に続く父のロングセラーです。父にしても、これほど長く読み継がれていくとは思いもしなかったのではないでしょうか。後に、父は『方丈記私記』の生原稿を製本し、岸さんにプレゼントしました(現在、神奈川近代文学館所蔵)。

扉には、

「一九七〇年七月より、七一年四月、／展望誌に／予が快心の作の一なりき」

と記されていました。

一九七一年一一月八日から七二年五月二七日まで、父は『朝日新聞』夕刊に『19階日本横丁』の連載を始めました。父にとって、最初で最後の新聞小説です。

母も私も、この新聞小説の連載が決まったとき、これはエライことになったと思ったものです。週刊誌の連載はすでに何度も経験しているので、何とかなるだろう。しかし、新聞は毎日発刊されるのです。毎日が締め切りなのです。こういう場合、家族もそれなりに態勢を整えないと、父に付き合ってはいけません。ところが、父は割に平気な顔をしているのです。

「週刊誌と同じだ。一週間分いっぺんに書く。毎週月曜日が締め切り日、火曜日に朝日のお使いさんに渡す」と父は自信ありげに言うのです。

母も私も半信半疑、そんなにうまくいくわけがないと思っていました。

なぜ月曜日が締め切りなのかといえば、月曜日はプロ野球の試合が休みなのです。

父は無類の野球好き、スポーツ観戦好き。毎日、プロ野球中継をテレビで観戦します。テレビの音は消して観ます。そしてラジオの野球中継を聴きます。テレビとラジオ、それぞれ別の試合です。要するに二つの試合を同時に観て、聴いているのです。忙しいのです。夕食のときは、母からテレビ観戦を禁じられていました。テレビが主、食事が従となるからです。父は仕方なく、ラジオを椅子の後ろにおき、野球中継を聴きます。

これが大音量、うるさいのです。おちおちご飯も食べていられません。食後、父はスポーツニュースの梯子をします。これが終わらないと、書斎へは行きません。月曜日、父は野球に後ろ髪をひかれることなく、書斎へ行くことができます。月曜日が締め切り日となったのは、そういう事情があったのです。一九七一年一一月一日、『朝日新聞』夕刊に『19階日本横丁』の「作者の言葉」が掲載されています。

このところ十数年のあいだに、海外で日本の商社やメーカーの方々に私はたいへんお世話になりました。お世話になったからというのではなく、同胞であるこれらの人々のことを私は到底「エコノミック・アニマル」などとは呼べません。アニマルなどではない、われわれの隣人なのです。海外のあるホテルでの、商社の諸氏の大雑談会で小説をはじめます。読者の皆さんも、どうぞこの雑談会に参加して下さいますように。

『19階日本横丁』の取材は、七〇年のA・A作家会議ニューデリー大会に出席した後、バンコク、クアラルンプール、シンガポール、サイゴンで行い、翌七一年にも、パリ、ボン、コペンハーゲン、ロンドンで取材をしています。各地で日本企業の方々にお話を伺っていました。

しかし、この新聞小説の取材は、五六年にインドへ出かけたときから、すでに始まっていたのではないでしょうか。各地で乗り合わせた飛行機の中で、ホテルのロビーで、そしてバーの片隅で、出会った日本企業の方々の話を聞き、驚き呆れ、同情し、日本という国で働くことの大変さを、企業人としての大変さを、見つめていたのだと思います。

筆者は海外へ旅行に出るについて、その行く先々で、なるべく多くの日本の商社員やメーカーの代表などと話し合うことにつとめて来た。それは行く先々の国々での諸事情や情報を知るためだけではなく、むしろ日本国そのものについて考えるため材料を得たい、とする要求にもとづくものであった。国内にあっては、様々に錯綜した事情によって、会社の社内や政府部内に埋没されているものが、海外にあっては、むき出しに露出していることが多く、むしろその裸の姿が見えて来るからであった。

（「著者あとがき」『堀田善衞全集6』）

『19階日本横丁』の新聞連載は毎週月曜日の締め切りで、一六二回、滞ることなく続きました。この後、スペインへ居を移してからも、父は現地に駐在する企業の方々と食事をともにし、話を聞き、工場見学にも出かけていました。

一九七二年前半のころ、『朝日ジャーナル』誌より、翌七三年からの連載の依頼がありました。『ゴヤ』です。父は、まだ早い、まだ取材が済んでいない、まだ見なければならない絵がたくさんある、と言って連載の依頼をいったん断りました。

母は言います。

「来年は五五歳になる。『ゴヤ』を書くには体力がいる。今、始めなければ、もう書けない。残りの取材は書きながらすればいい」と、父のお尻を叩きました。

父は色よい返事をしないまま、七二年六月にA・A作家会議常設事務局会議に出席するためモスクワへ出かけました。帰国後、父は言います。

「来年からゴヤをやることにする。モスクワからの帰りがけ、パリとマドリードへ寄った。何とかなるだろう。半年連載して、半年休み。その間に次の取材をする」

大仕事を開始するときに、父は家族に向かって一大宣言をするのが慣わしでした。そして最後に、

「よろしく頼む」と言うのです。

『ゴヤ』のときはもう一言ありました。

「取材費はすべてこちら持ち。朝日には頼まない。それで手枷、足枷がつくのはご免だ」

「今までさんざん自前でやってきたじゃないの」と、母は笑っていました。

この後、母は、『ゴヤ』執筆に父が専念できるよう、父の前に立ちはだかりました。編集者の方々は、母の関門を突破しないと、父に原稿の依頼ができません。父が電話に出ることはめったにありませんでしたから。出版界で噂されていたそうです。「披露山のライオン」と……。


私にゴヤがいつ訪れて来たものであったか？

それは明らかではない。戦時中に、『戦争の惨禍』と題されたニューヨーク版のエッチング集の、小さな本をもっていたことは記憶にあるけれども、それが太平洋戦争最中の私にどういう印象を与えていたものであるか、あまり明らかではない。ただ、ゴヤの戦争(スペイン独立戦争)の惨禍というものの見方が、スタンダールの『パルムの僧院』中の、主人公ファブリシオ・デル・ドンゴの戦争の見方、ウォーターローの戦場に彼がいあわせての見方に似ている、と漠然と思ったことが、漠然と記憶にあるばかりである。それがゴヤとの、最初の邂逅であった。

そうして、読者の方々のなかには、まことに奇怪なことに思われる方もおありであろうが、徐々に、戦中戦後を通じて、次第に私を内面からゴヤに、あるいはスペインに導いて行ったものは、ドストエフスキーの小説であった。

ドストエフスキーとゴヤ……。

それはまことに奇怪かつ異様な取り合せというものである、と思われる人の方が多いであろう。しかし精神の世界は広く、かつそこに国境はない……。幽暗な精神の世界で、ヨーロッパの東の辺境を代表するテンカン病みと、西の辺境のツンボが眼と眼をあわせている、その光景が私に次第に見えて来たことであった。

私はゴヤの文献を集めはじめ、スペイン語の自習をはじめた。それは一九五〇年代後半からのことである。

(「スペイン・四度目のゴヤの旅」『スペインの沈黙』筑摩書房)

戦時中、初めてゴヤの版画集を手にしてから三〇年余、『ゴヤ』の連載はついに始まりました。

『朝日ジャーナル』一九七三年一月五・一二日合併号〜八月三一日号に「ゴヤⅠ」三四回の連載。一七四六年三月のゴヤ誕生から、一七八三年ごろ（宰相フロリダブランカ伯爵の肖像画を描く）まで。同年八月、ソ連・カザフ共和国での第五回A・A作家会議アルマ・アタ大会に出席後、スペイン各地で取材。

一九七四年一月四・一一日合併号〜九月六日号に「ゴヤⅡ」三五回の連載。一七八六年ごろから、一八〇二年ごろ（アルバ公爵夫人の死）まで。同年四月ニューヨーク取材。

一九七五年一月三・一〇日合併号〜九月五日号に「ゴヤⅢ」三二回の連載。一八一四年（スペイン独立戦争勝利）まで。同年五月、スペイン取材。一一月、スペイン、フランス取材。

一九七六年一月一六日号〜九月一七日号に「ゴヤⅣ」三四回の連載。一八二八年（ゴヤの死）まで。同年八月一八日・深夜〇時三〇分『ゴヤ』脱稿。九月二四日号に「エピローグ」として「ゴヤの墓」を執筆。同年一一月、スペイン、ポルトガルへ『ゴヤ』完成のお礼まいり。

四年間、合計一三六回の連載でした。単行本は、左のとおり、新潮社から刊行されています。

『ゴヤ　＊　スペイン・光と影』（原題「ゴヤⅠ」）一九七四年二月刊。
『ゴヤ　＊＊　マドリード・砂漠と緑』（原題「ゴヤⅡ」）一九七五年三月刊。
『ゴヤ　＊＊＊　巨人の影に』（原題「ゴヤⅢ」）一九七六年三月刊。
『ゴヤ　＊＊＊＊　運命・黒い絵』（原題「ゴヤⅣ」）一九七七年三月刊。

『ゴヤ』は、

スペインは、語るに難い国である。

という一文から始まっています。そこから延々と、スペインについての、気候、地形、歴史、言語、そしてスペインとは何か、が書かれていきます。たぶん、連載五、六回分の量でしょう。一体、いつゴヤさんが出てくるのか？

されば、一九七二年の秋頃から執筆を開始するにあたって、丁度その頃に公開されていたアメリカのミュージカル映画『ウエストサイド・ストーリー』の冒頭が、筆者にある示唆を与えてくれたことを、一九九四年の現在、筆者にあるなつかしい思い出として残っていることを記しておきたいと思う。

映画『ウエストサイド・ストーリー』は、その冒頭に、まずカメラをおそろしく高い位置におき、ニューヨークの全体を見下して映し出し、かくて次第にカメラの位置が低くなって行って、マンハッタン島の全体を、ついでカメラはもっと低くなって行って、マンハッタンの一部であるウエストサイド地区へと下って行く、という仕掛けになっていた。

この手法を借りて、筆者は、まずスペインの全体像とまでは言わないにしても、その概略のところを(カメラを)高い位置において、そこから述べて行き、次第に画家ゴヤの生れの地と幼時に焦点をあてて行く、というふうにして書き始めて行ったのであった。

もっとも、こういう手法を借りたについて、当時『朝日ジャーナル』に連載をしていて、編集担当の人からは、いつゴヤが出て来るのですか、と問われて閉口をしたことも思い出されるのであった。

（「著者あとがき」『堀田善衞全集11』）

知りませんでした。『ウエストサイド・ストーリー』の冒頭シーンが、『ゴヤ』の冒頭部分に拝借されていたとは！　映像化されたものを見て、そこから文章の組み立てをイメージするのですか。勉強になりました。

一九六五年八月、父とともに、ゴヤの生地フエンデトードス村を訪ねました。パリから、西川潤夫妻の車に同乗しての四人旅でした。父、二度目のスペイン。今回はスペイン全土のゴヤさんの絵、ゆかりの地を本気で取材するためでした。西川潤氏（早稲田大学名誉教授）は、当時パリ大学高等学術研究院に留学中で、Ａ・Ａ作家会議のフランス語通訳として、父とともにアルジェリアにもご一緒したのでした。そして夏休みを利用して、父のゴヤ取材に付き合ってくださり、車の運転もしてくださったのです。キャンプ道具一式も車に積んでいました。

当時のスペインは、大都市から離れると、途端に荒涼とした野原、というより砂漠のようなといったほうが正しいのだろうと思いますが、田舎の街道筋には小さなホテルすらありません。車での野宿も覚悟しなくてはならなかったのです。目にするのは、荒野のど真ん中に立つ、黒い牛のシルエットの大看板だけ。そして、とんでもなく暑く、空気はカラカラに乾いているのです。

フエンデトードス村は、サラゴーサの市街から南へ四〇キロほど離れた、アラゴン地方の、緑ひとつない乾ききった丘の途中にありました。石造りの家々、石畳の細い道が、丘を取り巻き、目がくらむほどの空の青さが、見上げると、かえって空の色を黒く見せてしまうのです。不気味でした。人の気配すらないのです。私のスペイン体験の始まりは、このフエンデトードス村です。父は、六二年に武田泰淳氏とともに初めてスペインを訪れましたが、マドリードとトレドを訪ねただけです。滞在は四日間でした。父にしても、やはり本当のスペインを体感したのは、ゴヤさんの生家のある、このフエンデトードス村だったのではないでしょうか。

ゴヤの生家、灰白色の石造り、二階建ての家でした。扉に鍵がかかっていて、父は村の人を探し、家の中を見せてくれるように頼んだのです。しばらく待っていると、鍵束をぶら下げたおじさんがやってきて、開けてくれました。

ゴヤさんの家、中は暗く、がらんとしていて、外の暑さに比べ、中の空気はひどくひんやりとしていて、いくつかの古い机や椅子が並んでいた、という程度の記憶しかありません。もう五〇年以上前のことです。私の記憶はまったく確かではありません。父もよく使う言葉ですが、「今にして思えば……」ということにしていただければ、と思います。

扉がひらくと、すぐに室内である。——と莫迦なような言い方をしたのは、スペインでの中産階級以上のものの、一戸建の家には、必ずや中庭（パチオ）があり、そこに井戸、あるいは泉池があるのが普通だからである。

扉は、あけ放っておかなければならない。でないと、内部は真暗で、階段を二段下りるときに、早速ころんでしまわなければならなくなる。縦に長い、洞窟のような家である。積みあげた黄色っぽい石の肌が、漆喰の塗りがはげてしまってむき出しになっていた。地階の奥の方に、もう一段下って台所があった。

台所といっても、温突《オンドル》風な炉だけしかなくて、その両側に低い腰掛けか、寝台様——といっても、これはしんだいというよりも、ねだいと言った方がよいであろう——のものがあり、羊の毛皮がしいてある。ここで火を燃やして食い物をつくり、冬は、この火にあたためられて両側のねだいで寝るのか、と思うと、もう寒さに背中がぞくっとして来るような代物である。貧しさが身にしみて来る。流しや皿小鉢などの置き場のようなものは、ない。地階にゴヤ家用の驢馬のための部屋はあっても、便所もない。

夜は、せいぜいランプ一つと、この炉の火が唯一の明りであったであろう（私が最初に訪れたとき、この村に電気が来ていなかった）。

そうして村全体、いや村だけではなくて、アラゴンの荒涼たる高原は、夜、真の闇である。むき出しの自然の夜が、そこにあった。

石と漆喰でかためたこの家の壁に、炉の火はおそらくちらちらと、考えられる限りの怪異な物の怪の姿を映し出したものであったであろう。
二〇〇年、三〇〇年、村もアラゴンの高原も、ゴヤの家も、何も変ってはいなかったのである。
ゴヤは、この家で一七四六年三月三〇日に生れた。

（「フエンデトードス村」『ゴヤ ＊ スペイン・光と影』）

ゴヤさんの家を見学した後、父は村の教会へ行き、ゴヤさんの戸籍調べをしていました。ゴヤ家の土地台帳も探していました。そのどちらもが、一九三七年の内戦で焼けて失われていたのですが、教会にはゴヤの洗礼の証明書の写しが残っていたそうです。ゴヤさんの出自の元の元を調べ、村の中を歩き回り、フエンデトードス村を後にしました。

余談です。今回、この稿を書くために、当時の写真を探していました。神奈川近代文学館「堀田善衞展」の図録に、ゴヤの生家の前で撮った父の写真が掲載されています。大きな天眼鏡で見ると、何本かの線が空に向かって、隣の家のほうに向かって、延びています。家の側面に碍子《がいし》のような白いものが五つ並んでいます。私は、ふと気がついてしまったのです。これはどうみても電線だと思うのです。当時、フエンデトードス村には電気は通じてないと、私も信じ込んでいました。電気、通じていたのかもしれません？

フエンデトードス村を後にして、父は、サラゴーサ、マドリード、トレド、コルドバ、セビリア、サン・ルカール、カディス、グラナダ、バレンシア、バルセロナ。フランスへ入って、セット、モンペリエ、ボルドー。主に、ゴヤさんの足跡をたどり、まず行く、そして見る、探す、調べる、そして考える旅だったのだと思います。

サラゴーサに到着した後、父に幸運が舞い込んだのです。このことだけは、私もよく覚えています。サラゴーサの大きな教会の前、小さな本屋さんがありました。父は首を突っ込んで、見て回っていました。見付けたのです。厚さ一〇センチはある大きな本。"TAPICES DE GOYA por Valentin de Sambricio"というゴヤの初期のタピスリーの研究書でした。父は買いました。私は、この本を、旅の間そして日本へ帰る途次、ずっと持たされていたので、その重みをよーく覚えているのです。

けれども、あまりに専門的にすぎるものなので、それにこの画家の初期作品には、私はあまり惹かれるものがなかったので、また本としては重すぎることもあって、一九七二年に執筆を開始するまでは、ほとんどのぞいたこともなく打ち過ぎた。

それがある時に、何の気なく引き出してパラパラと頁をめくっていると、タピスリーの研究の終ったところから、この画家の全公式記録がのせられていることに気付いたのであった。アカデミイへの任命書から、結婚登録、家屋の登記から、首席宮廷画家への任命書、息子の洗礼記録から夫人の死亡証明まで、ありとあらゆる記録が収集されているのである。

これには、私も愕然としたものであった。まして、これまでの研究者の誰一人として言及をしていなかった貴重な記録までが集められていた。たとえば、この画家がナポレオン戦争中の、あまりな乱世振りに厭気がさして、どこか自由な(Libre)国を求めて戦乱中のスペイン国内をさ迷い歩き、駅逓に通報されて警察が動き出し、マドリードへ戻らぬと全財産を没収するぞ、と脅かされている記録などもあった。

それまで、重たいとか、初期のものはつまらんなどとぶつぶつ言っていた自分を私は恥じた。

(「びっくり仰天・その他」『本屋のみつくろい』筑摩書房)

父、資料の文献収集に関しては第六感が働く確率が非常に高いのです。本人は「自然体収集法」と言っていました。歩いていると、いつのまにか吸い寄せられるようにして、本屋や古書店に入っていくと、そこにひょっこり探していたものがある。無理な努力はしないそうです。無理をすると、作品に害がおよぶかもしれない、と思っているらしいのです。それにしても、あのゴヤのタピスリーの本は重かった！

一ヵ月強の道中、いろいろなことがありました。さまざまなものを見聞きしました。父にして、わからないこともたくさんあったのだと思いますが、とにかく、ゴヤさんのひととおりを見たのです。ここにすべてを書くことはできません。またの機会に、そして『ゴヤ』四巻をお読みいただいて、ということにいたしましょう。

『ゴヤ』の取材中、そして執筆中、父の最大の難関は、個人蔵のゴヤ作品を見ることにありました。アルバ公爵家、ビリアゴンサーロ伯爵家、スルヘーナ侯爵家、ウルキーホ伯爵家、サルスエーラ離宮、スペイン王宮、等々。短い滞在期間の中で、美術館、図書館で調べ物をし、その間に紹介状をもって、それも政府高官とか、大使館とか、相当な紹介状をもってしても、公爵家や伯爵家の中に入れてもらうのは困難を極めたようです。とくに、どうしても見なければならない「白衣のアルバ公爵夫人像」を所蔵するアルバ公爵家には、三度の門前払いを食っているのです。

さてしかし、首都マドリードにある公爵邸である。リリーア宮殿(Palacio de Liria)と呼ばれ、東京で言えば日比谷公園にあたるところに、つまりはマドリード市のど真中にある。

私はこれまでに何度か、ここへ潜り込もうと試みた。この屋敷内へ入り込まないことには、ゴヤ描くところのアルバ公爵夫人像にお目にかかることが出来ないのである。これを一目でも現実に見ておかないことには、ゴヤを書く資格に欠けるであろう。(絵はこれだから困るのであり、私人の私蔵品である。)

これならば公爵家の頑丈な鉄門もひといきであろうという紹介状を手にして攻め込んだものであった。が、結果はつねに公爵、あるいは公爵夫人が留守であるか、あるいは家令そのものがいないかしてダメということであった。

が、今回はやっとのことで、神吉敬三氏がアルバ公爵の姪の「マリア・」ホセ・マルティネス・デ・イルーホ嬢からの紹介をとって下さったおかげで、邸内に受け入れられた。

入ってみておどろいたことは、その壁にかかっているものどもが、ゴヤの第十三代夫人像だけではなくて、ティツィアーノの第三代公爵像からはじまって、ヴェロネーゼ、ベルリーニ、アンドレア・デル・サルト、レオナルド派のもの、レンブラント、ブリューゲル、ルーベンス、ベラスケスのインファンタ像、ムリーリョ、グレコ、スルバラン、メングス、リベラ等々……。

これはもうオドロキ桃ノ木ナントカノ木というものである。私はもう茫然としてしまった。

(「スペイン・四度目のゴヤの旅」『スペインの沈黙』)

アルバ家に入れてもらうまでの顚末です。しかし、本音はこちらです。

――絵を訪ねての旅の中で、いちばん印象に残っているのはどういうことですか。

堀田　アルバ公爵家で三回門前払いを食ったときでしょうね。三回といったって、こっちにしてみれば三年でしょう。間に一年おけば五年になっちゃうんだ。マドリードにあと一週間いて、その間にことあそこに行ってと、予定を考えていると気が狂いそうになってくる。アルバ家の馬鹿野郎、またおれに門前払いを食わせやがってと、あんまり腹立てると、飲みすぎて、翌日二日酔いで役に立たない。(略)

――どうしても一点一点実物を見ておく必要があったわけですか。

堀田　美術評論家諸君が画集を見ただけで理屈をこねることは構いませんけどね、小説家には小説家のプライドがありますからね。画集で見たものを、あたかも本物を見たかのように書けば、文章は必ず軽薄になりますよ。大差ないといえば、ないかもしれない。しかしね、川をジャバジャバ渡っていくのと、橋をスーッと車で通ったのとの差ぐらいは出るだろうと思いますね。

(「なぜゴヤか?」『スペインの沈黙』)

アルバ家訪問を遂げた後、戻ってきた父は言います。

「これでやっとゴヤが書ける」

母と私は思います。

「これでやっとアルバさんちの悪口を聞かなくてすむ」

二〇一二年五月、マドリードのアルバ公爵家リリア宮、立派な鉄の門扉前に、私と、そして父にご縁のあった八人の方々が立っていました。某旅行社の企画した、父のスペインでの足跡をたどるツアーでの途次です。この旅が企画されたとき、私は、ただ父の足跡をたどるだけではつまらない、何かメイン・イベントがなくては、と探していました。結果、現在アルバ公爵家は財団となっていて、あらかじめ申し込めば、週に一度見学ができることを知りました。ただし、二年先まで予約でいっぱいだということでしたが……。旅行社経由で申し込んでもらいました。もちろんタダでは見せてもらえません。それ相当のお布施は必要です。幸い、私たちのツアー、公爵家見学の予約がとれてしまったのです。門前で三〇分ほど待たされましたが、無事入ることができました。財団側の方のガイドで、私たちはリリア宮二階に案内されました。撮影は禁止です。横長に部屋が並んでいます。各部屋、壁には絵がたくさんかけられて、置物、家具調度品が置かれていました。父がオドロキ桃ノ木ナントカノ木、茫然とした数々の名画がズラズラと、まさに所狭しと並んでいました。これを見ていると、名画というものの価値観がひっくりかえってしまいそうになります。もちろん「白衣のアルバ公爵夫人像」も拝見することができました。

父が三年余りかかって、やっと中に入ることのできたこのお屋敷に、なんと簡単に入ってしまったことか。そしてなんと簡単に「白衣のアルバ公爵夫人像」にお目にかかってしまったことか。もし父が生きていて、この話を聞いたとしたら、一体どういう顔をしたものでしょうか。大笑い？烈火のごとく怒るか？　あの苦労は何だったのかと、さぞかし嘆いたことでしょう。

『ゴヤ』連載中の四年間、日を追うごとに、父の書斎は本で埋まっていきました。最初は一台だった机だけでは足りず、横にもう一台、後ろにもう一台と、増えていきました。年、地名、作品名、人名、すべてを頭の中に記憶しているわけもなく、カードを作り、自分流の索引を作り、カードケースを机の横におき、仕事をしていました。原稿を書くということよりも、資料を探し、読み、使いこなすことに、たぶん多くの時間が割かれていたことでしょう。画集が重い、手首が痛いと嘆いていたこともありました。ゴヤの耳が聞こえなくなったとき、父は一日中耳栓をして、聞こえないとはどういうことかと、自ら実験もしていました。母には、いい加減にしろと怒られてはいましたが……。

そういう執筆時の、自身の楽屋裏についてはあまり話しませんでしたが、ゴヤがああした、ゴヤがこうした、ゴヤの耳が聞こえなくなった、また子供が死んだ、アルバ公爵夫人が死んだ、等々、父は毎晩書斎から戻ってきて、一杯飲みながら、その日のゴヤさんについて話し続けます。毎晩、ゴヤの動向を聞かされ続けている母と私、ついにゴヤさんは隣のおじさんになってしまったのです。

「ゴヤのおじさん、今何歳？」

「ゴヤ、どこへ行ったの？」

「おじさん、何描いてるの？」

一九七六年八月一八日深夜〇時三〇分、「ゴヤⅣ」原稿終了（母の家計簿より）。父は書斎から飛び出してきました。

「ゴヤが死んだぞ！」

父の眼から泪が流れていました。父の『ゴヤ』、終わりました。長い歳月でした。

Adiós Goya.
ゴヤよ、さらば。

一九七六年一〇月五日、武田泰淳氏が亡くなられました。享年六四でした。

父にとって、武田先生は少し年上の、そして敬愛する、戦中戦後の上海時代以来の大切な方でした。父は四年におよぶ『ゴヤ』の連載を終え、やっと一息、今後のことを考えつつ、のときでした。大きな衝撃を受けたと思います。上海時代、ともに過ごし、ともに旅をし、戦後一足先に日本へお帰りになった武田先生の資料や本を、父は布団袋に入れて持ち帰り、引き揚げ後の一時期を武田先生のご実家、目黒の長泉院というお寺に寄宿させていただいてもいたのです。

戦後、お付き合いに少しだけ微妙な部分もあったようです。武田先生、父、私の母。三人とも戦中の上海で過ごしていました。何があったのか、推測するのはやめにしたいと思います。何にせよ、遠い昔に過ぎたことです。

家族ぐるみのお付き合いでもありました。夏の蓼科、角間温泉、湯田中温泉。父と武田先生、母と百合子夫人、私と花さん。遊んでいました。しゃべっていました。私が一番びっくりしたことは、武田先生、朝からビールを飲んでいるのです。父も相当な酔っぱらいですが、日が暮れるまでは飲みません。子供心に、朝からお酒を飲む人がいるんだと、認識を新たにしたこともありました。飲んでいないと風景が美しくない、と言ったのは武田先生だったでしょうか。

父には見た目も、物言いも、かなり鋭角的なところがありますが、武田先生は違いました。何もかもがまーるいのです。時間の回り方が違うのかなと思えるようなまるさでした。人を包み込むような優しさが、子供の私には心地よかったことを覚えています。ただ、これはまったくの、私の感覚的な記憶なのですが……。

武田先生死去の報を聞いて、父は東京の私の家に来ました。憔悴といったらいいのか、ガックリとしていました。

「君、赤坂に手伝いに行ってくれ。台所だけでいい。少しは役に立つだろう」

私、たいしてお役には立てなかったのだろうとは思いますが、葬儀が終わるまでの間、武田家に通いました。次々と友人、ご親戚、編集者がきます。次々と花が届きます。百合子夫人は、いつものゆるやかな、しかし毅然としたお姿でした。

青山斎場での告別式の前夜、私が武田家から戻ってくると、

「明日、あさって会を代表して弔辞を読まなきゃならんが、書く元気がない。君、筆記してくれ」

と、父は言いました。

ジンダ　バッダ！

——弔辞——

泰淳　武田先生

寂しくなりました。

武田先生、知りあって三十年、ありがとうございました。いっとう始めにあなたとの関係が生じましたのは、あなたの原稿「才子佳人」「呂后遺書」「杜甫草堂」の三つの原稿を空襲から守るため

に私が預ったことでありました。

武田先生、敗戦後、まだ私たちが上海にいましたとき、先生が広島及び長崎の原子爆弾、爆撃によって生じたデマによって、「かつて東方に国ありき」という詩をお書きになったことを、私は忘れません。

しかし、その詩の続きをあなたも、私も全く思い出せないというのは残念しごくに存じます。あの時、私達が、石上玄一郎君を含めて原爆の影響によって、我が国民全部が亡びるというデマがまことしやかに伝えられましたので、武田さんにおいて、「かつて東方に国ありき」という詩をお書きになったのも理由があることだと思います。

武田先生

いかにも早すぎませんか。

梅崎春生がもう迎えに来ているでしょう。

四十九歳の梅崎が迎えに来たら、あなたも驚くでしょうけれど、どうか自然に彼に迎えてもらって下さい。

椎名麟三もあなたを迎えに来るでしょう。けれど、これも自然に挨拶をして下さい。

武田先生、今私が代表をして挨拶をしております「あさって会」は、もともと武田先生、あなたが主唱しておつくりになったものでした。はじめての会合を巌谷大四君がやってくれた時以来、二十年はたちました。

梅崎君、椎名君に迎えられて、武田君、どうぞてれないで我々のやっていることをそのまま、どうぞ彼ら二人に告げて下さい。

さよなら、さらば、武田君

さよなら　埴谷雄高

さよなら　野間宏

さよなら　中村真一郎

さよなら　堀田善衞

三年前に、武田もよく知っているインドの友人のサジャット・ザヒーアの葬式にインドまで僕は行きました。その時、ウルドゥー語で葬式の終りに、会葬者一同が大声をはり上げて、

「ジンダ　バッダ」

と叫ぶものであると教えられました。その意味は、要するに「永遠なれ」ということであると教えられました。

私も大声で申し上げます。

「ジンダ　バッダ！」

（「ジンダ　バッダ！　弔辞」『彼岸繚乱』筑摩書房）

父は、この弔辞を口述するのに、二、三時間かかったのです。一言、一言、一行、一行、頭から押し出すようにして話しました。前々から自分の戒名は武田和尚に書いてもらうのだ、と父は言っていました。武田先生の存在は、文学的にも、そして生きていくうえでも、自身の死に際しても、頼りの綱だったのではないでしょうか。

頼りの綱が切れた。

それは父にとって、原稿用紙に向かえないほどの大きな衝撃だったのでしょう。

今年、一九七七年の年頭は、私にとってもめでたいもののはずであった。

というのも、このところ五年がかりで朝日ジャーナルに連載をして来た、スペインの画家ゴヤの伝記の仕事が、昨年秋にようやく脱稿し、第四巻目の本も今年春には出るところまでこぎつけたからであり、この伝記は画家ゴヤの伝記であると同時に、私自身としての一種のヨーロッパ論でもあり、幼少のころから世話になって来たヨーロッパの文化文学への恩返しのつもりでもあったからである。
それにもう一つ、この七月には私も念願の六十歳に達するからでもあった。なぜ念願のなどと大袈裟なことを言うかといえば、戦時中に、いつ召集令が来るかと怯えて暮していた時には、せめて三十五歳くらいまで生きられたらなあ、と思っていたものであったが、思いがけず戦後にまで生き伸びて、その戦後の最中に三十五歳に達した時、その時はその時で、ダンテの『神曲』冒頭の、

われ人生の途、半ばにして……

という詩句を思い浮かべて、ちらと七十という数字が思い浮かんだ記憶があるからであった。そこまで達するには、もう十年の歳月をしのがねばならぬ次第であるが、まずはともあれ、ようやく十年というところまで、という感慨もあるのである。(略)
こういう次第で、いささかおかしいが、自分で自分を祝ってもそれほど不思議でもない状況にあったはずであるけれども、その気にどうしてもなれないのであった。
それは、直接には、昨年秋に、ほとんどまとめて、と言いたいほどの衝撃をもって襲って来た親友、畏友の死であったろう。
武田泰淳、森有正、それに、彼らの葬儀を終えて、「ゴヤ」の仕事で世話になったスペインとフランスの専門家、学者たちにお礼かたがた訪れたヨーロッパ旅行中には、アンドレ・マルロオまでが死んでしまった。(略)

実質のところでも、約十年にわたってつき合って来た主人公の死に接して、しかもそれからそれほどの時間もおかずに武田泰淳と森有正の二人に死なれたことは、実際言って身も世もない思いをさせられた。前者への弔辞の冒頭に、

「泰淳武田先生、寂しくなりました。――」と私は書いたのであったが、本当に、寂しくなってしまったのである。

（「芸術家の運命について」『スペインの沈黙』）

二人の親しい友人の死。寂しくなった父に、漠然とした不安というものが、身の内に湧き出てきていたのではないでしょうか。

一九七七年五月、父、五八歳。

スペインへ。

スペインへの回想航海

一九七七年五月、父は母とともに、しばらくの滞在のためスペインへ出発していきました。一九七二年から書き始めた『ゴヤ』四部作の四巻目の単行本がその年の春に出版され、少しの休養をかねてのスペイン行きは船での旅立ちでした。

富山県・伏木の廻船問屋に生まれた父にとって、船での旅行は長い間の念願のひとつでもありました。しかしながら、そのころはクイーン・エリザベス号のような豪華客船以外に、ヨーロッパを往復する客船はありませんでした。いろいろ探した結果、ポーランド船籍の貨客船での船出となりました。

五月二一日——あの出発の日の光景は、私の記憶にとても鮮やかに残っています。船でヨーロッパへなどというのは、当時はすでに物珍しいことのようで、五月晴れの横浜・本牧の桟橋には、大勢の見送りの方々がいらしてました。豪華客船とはいかないまでも、まずまずの姿の貨客船のタラップを、大柄なポーターに荷物を持たせ、母を従えて颯爽と上がっていく父の横顔は、何ともうれしそうでした。これから始まる船旅への期待が、そばにいる者にまで伝わってくるようで、何と手まで振っていたのでした。普段ならにこりともせずに、片手をちょっと上げて、「やあ」と言うだけ。少なくとも愛想とはほど遠い人でしたから。

船室へ入ってからも、行動は軽快でした。スチュワードとの打ち合わせも、富山弁の混じる英語でテキパキと済ませ、見送りの方々とも終始機嫌良く過ごしたのでした。

出港の時間が近づいてきて、見送りの方々も船を下りていきました。母は留守中のことを細々と、あれこれ指図をして、それでもなかなか話は終わらず、いつまでも私を離そうとはしませんでした。母の様子をじっと見ていた父は、それまで吸っていた煙草を灰皿でもみ消し、立ち上がって私に言いました。

「あとは頼むな」

それだけ言うと、母を促して船室のドアを開け、まず母を先に出して、そして自分も船の甲板に向かって歩いていきました。中途半端に母との会話を打ち切られた私は、船室の入り口で唖然として、父の飄々たる後ろ姿を見送りました。

父は家庭内では多弁な人ではありませんでした。少ない言葉の中に、言いたいことの多くを込め、その言葉の十ではなく、十一わかれというふうでした。その代わり、私たち家族にも、何事につけても多くの説明は求めませんでした。簡単な言い回しで、すべてを理解してくれ、その言外にあることまで見とおしてくれました。ただし、これはいいことばかりではなく、こちらが隠したいことまで理解してしまうということにもなり、はなはだ具合の悪いことも生じてはいましたが。

以後、途中何度かの帰国はあったものの、約一〇年にわたる、スペインでの生活が始まったのでした。こんなに長くなるとは……。せいぜい一年かそこらの旅だと、私は思っていました。

「あとは頼むな」は、この一〇年にわたる留守宅の管理、犬の世話、その他事務もろもろ、多くのことを含んでいたのでした。言われた瞬間にその言外の意をくみとれなかった私は、どうせ頼むなら、もう少し何とか言葉を尽くしてほしかったと、後々ほぞをかんだものでした。

父の人生の夢のひとつを乗せた船は、夕闇とともに岸壁を離れていきました。

> 後甲板に出て、去り行く日本の燈火を見ていると、物影から、
> 「グッド・バイ・トゥ・ユア・カントリィ?」
> という小さなささやきの如き声がする。パーサーの青年である。
> 「イエス・サヨナラ・トゥ・ジャパン」
> と返事をする。
> （五月二一日、以下日記は『航西日誌』筑摩書房より引用）

その後、約一ヵ月の船旅は、母の船酔いとポーランド船であるがゆえの食事のひどさに悩まされ、揺れに揺れる船の中で、なかなか大変な旅ではあったようです。同船する船客は、ドイツ人夫婦、英国人夫婦、英国人男性二人・女性四人、の一〇人。父と母の横浜からの乗船は、日常の話題に乏しい他の船客たちに噂話のネタを提供していたようでした。

まず第一に車。乗船時、父の知人が見送りがてら乗せてきてくれたリンカーン・コンティネンタ

ル車。そして横浜で船積みされたベンツ車。どちらも父の車ではありません。この二台の高級車が噂を呼び、日本の大金持ちが乗船したということになってしまったのです。第二に、スペインで一、二年住むつもりと話しているということは、やはり大金持ちであると。第三に、船長が漏らした話が広まり、夫婦のどちらかが作家である、どちらが？　第四に、父が何気なくフルシチョフ首相兼第一書記と、スースロフ政治局員に会ったことがあると口をすべらせたこと。

母は、噂話の場を「大英帝国の井戸端会議」と名付け、父は、この船全体を「ポーランドの下宿屋」と呼び、スペインで暮らすとか、フルシチョフに会ったとか、言わなくてもよいことを言ったと、後悔をしていたのでした。そして、こう嘆いています。

何もわれわれのスペイン行を大袈裟に話題にしなくてもよさそうなものである。われわれはなけなしをはたいての生き直しを目指しているのである。

（五月二三日）

噂話の落ち着く間もなく、船は香港、海南島沖、ヴェトナム沖、シンガポール、ケラン、ペナン、セイロン島沖を航行し、インド洋で嵐が襲来、船は揺れ、机の上のものはみな転げ落ち、母は船酔いで起きられず、父はといえば、さすが廻船問屋の息子です。まともに立っていられないほど揺れても、酒ビンを股にはさみ、グラスは手にもったきりで飲んでいたのでした。

アデン沖、紅海、スエズ運河、ビターレーク、地中海、クレタ島南方、チュニジア沿岸、アルジエ、ジブラルタール沖、リスボン沖、ラ・コルーニア沖、ビスケー湾、ドーバー海峡を通過し、波に揺られ、思い出を行きつ戻りつしながら、ロッテルダムに到着したのです。

かつて父の幼年時代、伏木の生家にあった望楼から見た日本海、逗子の自宅で見た相模湾、旅先で見た世界各地の海。この船旅では父のいくつもの海の記憶が、そして六〇年の人生のさまざまな思いが、父の脳裏を駆けめぐっていたような気がしてなりません。この船旅での顛末は、『航西日誌』という題名で筑摩書房から出版されました。あらためてこの本を読み返してみると、六〇歳を目前にした父の心の内をほんの少しだけ垣間見たような気がしています。

五月二三日(月曜)快晴(略)

最上甲板——ブリッジの屋根にあたる——にのぼり、三六〇度の海を見渡していると、この〝三六〇度〟という幾何学概念が数字そのものではなくて、地球というか、天体というか、そういう確実に存在するあるものの肉体的表現であることが納得されて来る。

海はいい。

そうして、突如として、本当に突如として、

Temple du Temps, qu'un seul soupir résume,

一瞬の吐息の中に要約される、「時間の寺院」、

という詩句が口をついて出て来る。

ポール・ヴァレリイの詩「海辺の墓地」のなかの一節である。

けれども、この詩を暗誦するようにしてよく声を出して読んでいたのは、思い出せば一九四三年、戦争中のことであり、いったいあれからどのくらいの「時間」が経ってしまったものか。すでに三四年が経過してしまっているのである。三四年とは、人生の時間にして丁度半分、半生である。

寄港した港、港で、そして船上から、アジア、アフリカ、ヨーロッパ大陸を遠望し、父はさまざまな記憶の中にある、自らの半生を振り返っていました。父の「回想航海」とでも言えばいいのでしょうか。私も、少しだけ父の回想に付き合っていきたいと思います。

五月二六日(木曜)快晴

海南島沖。極度にむしあつい。(略)

午後、アメリカの四発プロペラ機が超低空で近づいて来る。四発プロペラのうち、一基がとまっているから、人々はみな墜落着水するかと期待したが、そのまま飛び去る。

やはり、第七艦隊の海なのである。

米海軍の飛行機がわがもの顔に飛んでいたことから、一九七一年に南ヴィエトナムへ旅行をしたとき、ひょんなことで当時のアメリカ大使にインタヴュウをさせられたことを思い出した。そのときのことは何も書かなかったが、大使は、九三％の平定計画(Pacification)が実現した、と誇らしげに言っていたものであった。私が何も書かなかったのは、要するにどの国のそれであろうとも、外交官や軍人の言うことは一切信用していないからである。

このころ、父にアメリカのヴィザは出ませんでした。少し前に沖縄で取材をしようとして、ヴィザは出なかったのです。父の名前はYoshie Hottaです。このとき、なぜ南ヴェトナムのヴィザが出たのでしょうか。朝日新聞の記者がZene Hottaと書いて申請したらしいという話です。わざとだったのか、間違いだったのか？

六月二日(木曜)曇、湿気甚し。(略)

サマセット・モーム「作家の手帳」を読み終る。よいものを読んだと思う。これは一八九二年に、彼がまだ医学生であった頃からの厖大なノートを整理したもので、どんな作家にとっても興味深いものの筈である。約五〇年間にわたる、この作家の私的なノートを順を追って読んで行くと、彼らの言う常識というものが、様々に異質なものと接してきたえられて行き、それがついに、いわば信仰となり、彼の背後の神のようなものになって行く過程が納得出来るようになる。

私はこれを読みながら、自分で思いついた背後の神、という考えが気に入って来るのを感じている。神というものがつねに天上に、あるいは裁判官のようにして正面上方にがんばっていられたのではかなわない。背後に、重味のあるユーモアの裏打ちをもって存在しているものと想定した上での作品というものが考えられる筈である。


二〇〇八年一〇月、神奈川近代文学館にて開催された「堀田善衞展」の際、編集委員をしていただいた紅野謙介氏が、講演会を前に、私にお尋ねになったことがありました。

「堀田さんの作品に漂う、そこはかとないユーモアというものは、どこから出てきたものなのでしょうか？」

私は紅野氏に、文学のことは決して私に聞かないでくださいとお願いをしておいたのですが、答えざるを得ない羽目に陥ってしまったのです。

「私が言えることは、それは父の文学上の「芸」というものなのではないでしょうか」と申し上げるにとどまりました。

——背後に、重味のあるユーモアの裏打ちをもって存在しているものと想定した上での作品というものが考えられる筈である——

父に、失礼いたしましたと、この場を借りて言い添えたいと思います。ただ、言い訳めいたことではありますが、父は、文章には「芸」のあるなしがあると、よく口にしていたのです。

六月三日(金曜)晴、むし暑い。(略)
しかし、人生を生き直すなどということは出来ることか。そう長い時間はない。出来なければ出来ないでいい。ただ、つもりだけでも、やってみることが必要だ。

——Le vent se lève!……Il faut tenter de vivre!

風立ちぬ!……いざ生きめやも!

これは堀辰雄の訳だ。

自分で自分をゲキレイしている。

父は父自身の人生をつもりだけではなく、本当に生き直すことができたのでしょうか。六〇歳を目前にして、あとどのくらい時間があるのか、そしてないのか。人生を振り返ることはたやすくできても、先を見とおすことは父にしても難しかったに違いありません。父にとって人生の生き直しとは、自らの晩年の仕事への再スタートをするということだったのかもしれません。もしも今、聞けるならば聞いてみたいと思います。ただし思いきり笑われそうな気もしますが……。「人生、生き直せたの?」と。

六月六日(月曜)曇のち晴。

昨夜〇一〇〇―〇二〇〇時頃、ペナン出港。一路インド洋へ。(略)

インド洋の落日は、ここでもやはり、聞きしにまさるほどに美しい。いまだかつてかかる朱紅色を見しことなし。背後のアジアはもう夜である。

Adiós Asia!

アジアを後にして、父は思い出しています。船上でモォパッサンの短篇集『水の上』を読み、その訳者が青柳瑞穂氏であることから、太平洋戦争開戦間近のころに青柳氏にフランス語を習っていたこと、青柳宅で井伏鱒二氏にお会いしたこと……。井伏氏が「いまの天皇はおれたちと同年代だからまさか戦争はしないだろう」と言われたことを……。

六月一四日(火曜)快晴、暑い。湿度極度に高し。(略)

夜、コンブ茶を飲みながら、家内が眠っているのでイアフォンをつけてラジオをいじくっていると、いきなり“Ici Paris.”と言い、パリのフランス語放送が聞えて来る。やはり遠くまで、あるいは、やっと近くまで、来たものだ、という感がする。そうしてこのパリ放送で、インドのインディラ・ガンジー前首相の息子が裁判にかけられる由を知らされる。

異なところから、異なニュースを教えられるものである。当方は紅海の入口にいて、パリから、インドの出来事を！

私はこの息子を、というよりこの母子を知っていた。(略)

思い出はつきない。

しかし思い出しては、私はそれを一つ一つ〝清算〟しようとしているようである。
何のために……？

一九五六年、父は戦後初めて海外へ、第一回アジア作家会議の日本代表としてインドへ赴きました。この航海でインドに立ち寄ることはなかったのですが、ラジオからのニュースでインドでの思い出がよみがえってきたようです。ネルー首相との個人的な会見のこと、一四年後の一九七〇年にニューデリーにて第四回Ａ・Ａ作家会議が開催された折、首相となっていたインディラ夫人と再会をしたこと等々。
インドでの話も、よく話題になりました。ここから国際会議での振る舞い方を、見方を、作家という職業は極めてプライベートなものであるということを学んだと。

六月一六日(木曜)快晴、暑い。(略)
夜、家内にカイロの町の様子や、一九六二年の第二回Ａ・Ａ会議のときの模様などを話していて、やはり様々な追憶が帰って来る。
……私が事務局長代理として、全体会議の議長をしていた。中立性のある適当な人物が見つからなかったからである。
……中ソの、悲劇的、あるいは喜劇的な論争。双方ともにおそろしく力瘤が入っているだけに、滑稽であり愚劣でもあった。

……会議場は、エジプトの上院で、私が坐っていた、おそろしく高いところにある議長席は、革命前にはファルーク王が坐っていたところである。そこで私はタバコを次々と吸いながら、中ソの喧嘩を見下ろしていた。(略)

この会議の冒頭で、私は事務局長報告をしたのであるが、そのテキストに、中国がどうしても入れろ、入れなければならぬと固執し、私がそんな下品な言葉は使えない、それはギャングの用語だ、と反対をした、"U. S. Imperialism is public enemy No. 1."という部分を――最終的には、それを入れないことには中国代表が国内的に非常に困るようであったので、私が譲歩したものであった――私がスッ飛ばして読まなかったことから、またまた物議をかもしたものであった。(略)

私がこの運動にかかわって方々を、年に二度も駈け廻っていた頃、仕事も何も中断してであったから、家内にもずいぶん迷惑をかけたものであった。彼女にもある種の感慨はあるのである。そういう話をしていると、また、別の追憶もが帰って来るのである。まるで自分自身が、追憶という鳥の帰って来る巣のような気がして来る。過去と現在がほとんど等質のものとなった濃密な時間があたりにたちこめていて、目をあげるとその時間そのものが見えるという気がする。外界と遮断をされた船室というもののせいであるか。

スエズ運河の入り口にて、カイロの町の様子、会議の事務局長代理としての苦渋の決断、そして、あちこちを駈け廻っている間、母にも迷惑をかけたことなどを回想します。

父は富山弁混じりの、ゆっくりとした英語を話します。決してきれいな発音ではないと思いますが、誰にでもわかる、そして乱暴さのない英語でした。時々フランス語の単語が混じります。そのことで、父の話す内容が少しだけ柔らかくなっていくように思います。

“U. S. Imperialism is public enemy No. 1.”——主義主張がどうあれ、父が絶対に口にしたくない言葉でしょう。言いたくないことはスッ飛ばす。これは父の得意技でもありました。

六月二一日(火曜)快晴。(略)

幼少の頃から長年にわたって——幼少の頃の私にとってヨーロッパとは、父が購読をしていたロンドン・タイムスの紙とインクの匂いであった——ヨーロッパの文化文明に接して来て、結局のところ、自分が得たものは何であったか、と自問してみる。

答えは、これも結局のところ、そうしておそらくはその当初から、魂の自由、あるいは自由な魂というものであったろう、と思う。

キリスト教でも、何々の思想といったものでもなかった。それは、当初は言うまでもなく無意識裡に、というものであったろうけれども、戦争中からの、私をささえた。

これを、自身の身に即しての判断の自由、と言い換えてもいいであろう。

西欧の文化文明とそれは関係のないことかもしれないが、とりわけて、国家、私の場合は日本国家の考えというものから、自由な——とまでは言えぬにしても、——別な考えをもつ自由というものがあることを告知してくれたと思う。

祖父の購読していたロンドン・タイムスから、父はヨーロッパの文化文明に接し、そこから得たものは「魂の自由」、あるいは「自由な魂」というものであると。私も、幼少のころから、父の書斎からあふれ、はみ出して出てくる本に、雑誌に、埋もれるほどに接してきました。同級生よりは早くに海外というものにも接していたと思います。そこから得たものは何か？　おこがましい話ではありますが、私も真面目に自問しなければいけないと思いました。「魂の自由」などというものが出てくるとは、とても思えませんが……。

六月二六日(日曜)曇。
午前十一時、ロッテルダム着。(略)
旅の終りはあっけないものである。

父の回想航海は終わりました。ポール・ヴァレリイの詩を勉強し、サマセット・モームを、モォパッサンを読み、スペイン語を復習した、勉強航海でもあったのです。三七日間の航海で、思い出の一つ一つを〝清算〟し、人生の生き直しを目指して、スペインへ。
七月に、父はかぞえで六〇歳の誕生日を迎えます。

アンドリンでの再起

一九七七年七月十七日(日曜日)
朝から素晴しい天気である。
今日、小生六十歳の誕生日である。
その予定にして来たこととはいえ、思えば妙なところで誕生日を迎えたものである。ここは北スペイン、カンタブリア海に面したアストゥリアス地方のアンドリンという村である。

(『オリーブの樹の蔭に――スペイン430日』集英社)

アンドリンは、約一〇年にわたる父と母のスペイン暮らしの始まりの地でした。『オリーブの樹の蔭に――スペイン430日』は、一九七七年の七月、アンドリンに到着してから、マドリード、グラナダと移動しつつ暮らしてきた父の日記が元になっています。
父は日記を書くという習慣をもっていませんでした。残っている日記といえるものは、『堀田善衛上海日記――滬上天下《こじょうてんか》一九四五』として上梓した上海時代のものと、ヨーロッパまでの船旅の顚末を書いた『航西日誌』、そしてスペインでの暮らしの備忘録としての日記六冊だけです。

日記を作品として発表するなどということは、父としてはまったく考えていなかったと思います。ただ、新しい経験を記録しておかないと、日々の暮らしの細々とした出来事は、右から左に忘れていってしまうから、というだけのことだったのでしょう。珍しく気張って日々の出来事を記しています。バルセロナ時代の日記は、徐々に日付も飛び飛びとなり、日記を書くことは難しいと書き付け、スペイン暮らしの珍しさから、日本にいるときと変わりない、ごく当たり前の父の日常へと変化していったのだと思います。

なぜ北スペインのアンドリンなるところに住むことにしたのか。

『ゴヤ』四部作を書き上げ、武田泰淳氏ら親しい友人たちを次々と亡くし、心身ともに疲れを感じていた父は、画家ゴヤの取材を通して一番身近に感じていたであろうスペインで、しばらくの休養を兼ねての暮らしをするために居を移したのでした。父は友人でもあり、当時日本におけるスペイン観光局の局長でもあったパブロ・ミュリエル氏に住むところの相談をしていました。到着してから、大荷物を持っての家探しは難しいだろうからということで、パブロさんの別荘があり、写真家である彼の父上の家もあり、フランス国境からも近いということで、この地を選んだのでした。

一九七〇年代の時間の大半は、拙作『ゴヤ』全四冊の準備と執筆に費されたものであったが、その最終稿において主人物である画家ゴヤの死について書いていて、筆者は、ついにゴヤに死なれてしまった、と痛感をしたのであった。筆者の生涯においてもっとも大切にして来た人物の一人に離別されて、さてこのあとに何をなすべきか、と考えたとき、胸中に大きな虚点が生じた、と感じたのであった。(略)

一九七七年、筆者は六〇歳であった。彼等の死の影、すなわち〈老〉に身を包まれていることは、生存者としての筆者にとっては、不毛な未来をしか用意しないであろうとの自覚が、生じて来たのであった。この不毛の予感は、筆者自身にとって一つの脅威でさえあった。

(「著者あとがき」『堀田善衞全集16』)

アンドリンは、私にとっても印象深い場所なのです。

一九七七年五月二一日、父と母は横浜からヨーロッパへ向けて出発、三七日後にオランダ・ロッテルダムに到着。その後列車でパリへ、そこで車を受け取り、スペインに向けて出発しました。道中、白葡萄酒と相性の悪い母が、疲れも相まって具合が悪くなり、怪我をしました。何針か縫ったという手紙が父から届き、心配した父の友人パブロさんが、夏休みでスペインに帰るから一緒に行きましょうと誘ってくださいました。一九六五年に、画家ゴヤの取材で父とともに旅をしたスペインに、一二年ぶりに母の見舞いで訪れることになったのです。

八月三一日、マドリード到着後、パブロさんと、彼のお婆さまとご一緒に車でアンドリンに向かいました。アンドリンの第一印象、深夜に到着したため真っ暗。闇の中、家々の灯りがぼんやりと見えるだけでした。見舞いにきたはずの母は、思いの外元気でしたが、代わりに父が風邪をひいたのか、発熱して、まったく元気がありませんでした。

翌朝、窓から見るアンドリンは、寄り添うように建っている家々の向こうに広がる牧場らしき緑の草原、その向こうに高い山々、そのまた向こうにもっと高い山々。風は冷たく、一日のうちに晴れ、曇り、雨、晴れ、霧と忙しく変化する天気。ここで一体何をするの、とため息のでそうな風景でした。

母から、数日後にアンドリンを離れてマドリードへ行くので、片付けを手伝えと言われ、掃除、洗濯、荷造りで、一日目は終わりました。村の中がどうなっているのか、まるでわかりません。第一印象どころか、忙しくて印象など感じている暇はありませんでした。父は風邪を理由に寝込んでしまい、私がいることこれ幸い、起きてきません。まあ、起きていても、家の中の片付けなど、邪魔になることはあっても役には立たない人なのですが。

翌日パブロさんに誘われ、近くをドライブしました。草原だと思っていた先には、切り立った断崖が数十メートル下の海まで続いていました。カンタブリア海です。白っぽい岩の壁がまっしぐらに海面まで切り立ち、誰もいない小さな砂浜が見えます。何の予備知識もなく来てしまった私には、厳しいとしか言いようのない風景でした。アンドリンは北緯四三度なのでした。

片付けをしながら、母が話してくれたヨーロッパ到着後の父の様子は、日本にいたときの父とは大違い、笑ってしまうほどの大活躍です。三七日間の航海を経てロッテルダムに到着後、アムステルダムのホテルで一泊して、翌日パリへ列車で向かったのですが、そのチケットのことで一悶着があったそうです。父は二等車のチケットを買い、母は父に、荷物が多いし疲れてもいるから一等車に変えろと主張。

「お父さんはドルの持ち出し五〇〇ドルの時の習慣が抜けないのよ。外国に出るとものすごくケチ。しかも外国にいるとなぜかお金の勘定ができる。家にいればお金のことなど知らん顔なのに」

母の話は止まりません。

「一等は高いというから、見せたのよ、クレジットカードを。今はこれがある、心配なし。まさに水戸黄門のこれが見えぬか、よ。それでやっと一等に変えてくださいましたの」

「でもね、タクシーもエレベーターもレディ・ファースト、ちゃんと先に乗せてくれる。日本にいたらすべて自分ファースト、どうしたらああも器用に態度を変えられるのかしらね」

「隣のニコラスさん、何ヵ国語も話せるのよ。アラビア語はどうだと言われて、お父さん、目を丸くしてたわよ」

「買い物に一緒に行ってくれる。財布持って後ろから付いてくるのよ」

「生ゴミ、捨てに行ってくれたわよ」

「プロパンガス、換えに行ってくれたわ。でも、ボンベを車に載せたのは、わ、た、し。下ろしたのも、わ、た、し」

「近くの町、リャネスに日本人の絵描きさんが住んでいるのよ、もうびっくり。ここで日本の人に会うなんて、思ってもみなかった」

「突然、日本人が二人訪ねてきたの。一体誰が住所を教えたのかしら。しかも、夜中まで飲みっぱなし、閉口したわよ。お父さんに言わせると、英文学者としては大変優秀な人らしいけど、ものすごい酔っぱらい。もう一人は闘牛を撮るカメラマン」

「もう仕事はしばらく休みと言っていたのに、朝からやたらに原稿ばかり書いている」

父の日記によれば、
七月一七日「朝日新聞への第一回目の原稿を書き、村のバーへ買物に行く。午前中に仕事をするなどということは、何十年来のことである」
七月二三日「筑摩の原稿三十六枚、矢鱈と原稿を書くので家内は呆れている」
七月二七日「暖炉をたいて原稿を書く。五十七枚まで」
八月九日「筑摩の原稿、五十八枚まで」
アンドリンに父と母が到着したのが七月一〇日、一ヵ月の間に一八〇枚近い原稿を書いています。慣れない土地、家、言葉、お付き合い、しかも家事の手伝いまでしているのです。環境の変化、日々の暮らしの変化、異なる経験をもつ人々との出会いが、ある種の精神高揚状態をもたらしたのでしょうか。父の原稿生産量は、月産五〇枚が限度。それ以上は頭が働かないと、よく言っていましたから、驚異的な生産量です。母が呆れるわけです。しかも父は長い間深夜労働者でしたから、午前中に起きることすらめったになかったのです。

読書もしています。アンドリン滞在中に読了した本は四冊。

Ludwig Pfandl: Juana La Loca(狂女ファナ)

Felipe Torroba Bernaldo de Quirós: Los Judíos Españoles(スペインのユダヤ人)

J.B. Trend: The Origins of Modern Spain

Gerald Brenan: The Spanish Labyrinth

住み始めたスペインという国に対しての敬意という意味での勉強、読書なのかもしれませんが、これはどう考えても次の仕事への準備ではないのでしょうか。

夕方——といってももう夜の十時近いが——私どもの丘のすぐ下の家で炊事をしているのが開け放したドアーから見える。煮焚きはすべて薪の火でやっている。その火がちろちろと夕闇に美しい。そういう風景を見ざること、すでに久しい。それを眺めていると、胸の中に何かが滲み入って来るようにして回復して来るもののあることを感じる。

(『オリーブの樹の蔭に』)

アンドリンは、日本において疲弊した父の心身に、癒しをもたらしてくれた場所なのかもしれません。心身徐々に回復、そうなれば、父はせっせと原稿を書き、勉強のための本を読むのでした。

転んでもただでは起き上がらないのだと、アンドリンでの暮らし、仕事、読書歴を顧みて、実感したものでした。

もうこの村に二度と来ることもないであろう。
このアンドリン村での生活は、慣れないこともあって正直言って相当に苦しいものであったが、村人たちの親切さと、すぐにうちとけていささかも外国人扱いをしない人のよさは本当に忘れがたい。
(同前)

一九七七年九月四日、父の熱も下がり、隣のニコラスさん一家にだけ挨拶をして、アンドリンを後にしました。

スペイン滞在一〇年余、父は二度とアンドリンを訪れることはありませんでした。私はたった四日間の滞在、印象深い地ではありましたが、再びこの地を訪れることなど考えもしませんでした。

ところが二〇一二年、ゴヤさんのところで触れたように、某旅行社が、父のスペイン滞在地を巡るツアーなるものを企画し、父に縁のある方々八人と一緒に、アンドリンを再訪することになったのです。五月、私はツアー参加者の方々と成田を出発、パリ経由、ビルバオ空港着、翌日大きなバスでアンドリンへと向かいました。アンドリンに到着、まずホテルにて昼食。ホテル側がアンドリン一望のテラス席を用意してくれました。

私の記憶の底にあった景色が、確かに目の前に広がっていました。緑の草原、その向こうに高い山々、雲に紛れて見え隠れするより高い山々、そして肌寒い空気感。一瞬、三五年前のアンドリンがよみがえったように思えましたが、目をこらしてみると、洒落たホテルが建ち、緑一色だった草原には、これまた洒落た家があちこちに建ち、村というよりは、別荘地といった風情になっていました。さて、家はいずこに……。

変わっていて当たり前の年月です。私には場所の見当すらつかなくなっていました。とりあえず、ツアーの添乗をしてくださっている女性が、出発前に唯一資料といえるかもしれないと渡しておいた、隣のニコラスさんを取り上げたスペインの新聞記事を片手に、ホテルのマネージャーに聞いてくれました。話はすぐに終わりました。添乗の女性も、ホテルのマネージャーも、笑っています。

「隣、隣」「隣?」「隣」

ホテルのすぐ隣だと言うのです。

半信半疑、同行の皆さんとホテルの外に出て、隣の家に行ってみました。門扉横の石垣の真ん中にプレートが打ち付けてあり、ここがニコラスさんの家だということがスペイン語で記されていました。フェンス越しに家が見えました。確かにここなのか、あまりにあっけなく、私はにわかには信じがたく思えました。よく考えてみると、私は、緩やかな坂に建つこの家を下の道から見上げたことがなかったのです。歩いてニコラスさんの敷地の上の道に上がり、舗装道路を歩いたところで、思い出したのです。ここだ、と。

アンドリンは、父にとってスペイン最初の住まいに定めたところです。夏の短い間ではありましたが、仕事だけの日々から、生活のための細々とした日常を過ごし、少しだけでも心にゆとりを取り戻し、新たなスペイン生活を始めるきっかけとなった地です。その地を三五年という年月を経て、私が再訪できたことは、村の変化などどうでもいいことで、アンドリンの空気を吸った、風を感じた、それだけで十分だったのだと思います。

アンドリン滞在時間が残り少なくなる中、素晴らしくきれいになった村の中を散歩していると、大きなリュックを背負ったサンティアゴ巡礼の人に出会いました。赤いリュックの背にホタテ貝をぶら下げ、サンティアゴ・デ・コンポステーラへ向けて歩を進める若い女性に、私はそっと言いました。

——¡Vaya con Dios!（神があなたとともにおわしますように）

父ならば、

——Ego sum via veritas et vita.（われは道なり、真理なり、生命なり）

と言ったのかもしれません。

埃のプラド美術館

（一九七七年）十月一日（sábado）（略）

ウロウロしていて、ゴヤ通りにホテル・サヴォイを見つける。はじめてスペインへ来たのは一九六二年のことで、あのときは武田泰淳と二人で、このホテルに泊ったものであった。武田はすでに亡し！

（『オリーブの樹の蔭に』）

父は戦時中に、ニューヨークで出版されたゴヤの『戦争の惨禍』という版画集を手に入れ、漠然とではあるが、画家ゴヤの生涯と作品について、いつか書いてみたいという思いを持っていたと語っていました。ゴヤの取材のためだけに訪れた八回のスペイン訪問、毎回必ずマドリードを訪れていました。そしてプラド美術館とのご縁は切っても切れないものとなっていったのでした。

一九七七年九月、スペイン滞在最初の地アンドリンで一夏を過ごした父母、そして母の見舞いのために出かけていた私は、オビエド、レオン、アストルガ、トルデシーリアス、メディナ・デル・

カンポを経て、マドリードに入りました。

マドリードでは、アンドリンでお知り合いになったマドリード在住の画家・島眞一夫妻に探していただいた、プラド美術館近くのアパートメント・ホテル Apartamentos Los Jerónimos に滞在。このアパートというか、ホテルというかは、小さなキッチンと鍋・釜・食器付き、サロン、ベッドルーム、バス・トイレ、家具付き、お掃除付き、長期滞在者向けのものでした。

ホテルのお向かいはサン・ヘロニモ・エル・レアル教会と僧侶のための宿舎、坂を少し下るとプラド美術館、ホテル・リッツ、一九世紀美術館、軍事博物館などがあり、商業地域とは異なり、静かな一画でした。

父はこのホテルが気に入ったようで、マドリードに出かけた折は、いつも利用していました。どこへ行くにも歩いて行けるところがいいと、マメに散歩をしていました。しかし、どこへ行くにも、新聞を買いに行くためにでも、プラド美術館の横を通らなければならないのです。しかもゴヤさんの銅像の横を通らねばなりません。

「ここは場所がいいから、いいんだけど、だけど場所が悪い。プラドが、なー」

一〇年近く、喉元までゴヤさんに浸かっていた父は、『ゴヤ』四巻を書き上げ、しばし休養するつもりなのに、またご近所にゴヤさんがいる。これではおちおち遊んでもいられないとでも思ったのでしょうか。

十月二十三日(domingo)
プラド美術館のすぐ上に住んでいながら、どうにもそこへ入って行こうという気が起らない。何かお出入り禁止をくっているような気がしている。(同前)

そして一年半後……。

さてしかし、理屈はこのくらいとして、一年半もスペインに住んでいて、その間に何度もマドリードへ出たり入ったりしていながらプラド美術館へ一度も入らなかったことの弁を書かねばならぬ羽目になった。

毎日プラド美術館の前を通りながら、私にはある心の痛みがあった。それは正直な話である。

(略)

言ってしまえば、私はゴヤの作品が怖くなって来たのである。ゴヤの作品とその生涯、時代について、私は四冊もの評伝を書いてしまい、このマエストロの作品に、そのほとんど全作品について何かを書いて来た。十年以上にわたってプラド美術館に通いつめ、一枚の作品を求めて、スペインだけではなく、ヨーロッパの各地、アメリカまで何度も何度も出掛けた。

これを書いているあいだも、うすうす感じてはいたのである。これを書き上げてしまったら、きっとお出入り禁止になるぞ、と。

結果は予感の通りであった。

毎日、顔をしかめた銅像に、

〝セニョール・マエストロ、今日もよいお天気で……〟

と挨拶はするものの、とうとう私はプラド美術館には入れなかった。

その代り、私は、エウヘニオ・ドールスの書いている「プラド美術館の入口に儀仗兵のように立つ四本の立派な樹木」と友達になり、夜に入るとこの見事な樅の老木の一本に背をもたせかけて、この前庭の芝生にオシッコやフンをしに来ている犬どもと戯れていたものであった。

お出入り禁止ではあったが、私は幸福であった。

（「マドリードにて」『スペインの沈黙』）


つくづくと父が幸福であってくれてよかったなと思います。長い間父にお付き合いいただいたゴヤさんにも、感謝です。

しかし、人はなかなか自分が幸福であると、素直には言えないものですし、書けないものなのではないでしょうか。いい歳をして、幸福という言葉を使うということは、ちょっと恥ずかしいとすら思えてしまうことがあるでしょう。プラド美術館の入り口に儀仗兵のように立つ四本の立派な樹木の下、「私は幸福であった」と、素直に言える父は、心からの充足感を味わっていたのではないのかと思います。そのうち、時の流れが、お出入り禁止を解いてくれるでしょう。

父は、この一九七七年秋のマドリード滞在で、次に住む街をどこにすべきかを模索していました。

父としては、グラナダが最有力候補でしたが、マドリードでの父の友人知己の方々は、どなたも積極的にはグラナダ住まいを薦めてはくれません。

「グラナダ、いいところですよね」

相談した誰もが言葉を濁していたそうです。

「スペイン人諸君は、どうしてもアンダルシーア地方に対する偏見がある。田舎というか、野蛮なというか、ある種の軽蔑感があるんだな。しかし、マドリードの冬は寒い、たまに雪も降る。南の暖かいアンダルシーア地方がいいだろう。地中海沿岸は高層ホテルの建ち並ぶ一大リゾート地になってしまっている。やはりグラナダがよかろう」

グラナダでの家探し、引っ越しの準備を始めようという矢先、東京の朝日新聞社から電話があり、大佛次郎賞に決定したので、授賞式に一度帰ってきてほしいということで、引っ越し準備は一時中止。この大佛賞の受賞は、丸山眞男氏とご一緒ということで、父はことのほか嬉しかったようです。せっかくゆっくりと休養これ努めようとしているときですから、普通なら一時帰国などという煩雑なことはしたくないはずですが、自ら授賞式に出ると決めたようでした。

一〇月四日、マドリードを出発、ロンドン、アンカレジ経由で羽田着。一〇月八日、丸山眞男氏とともに大佛賞授賞式。その後一〇日余り、スペインの話を聞きたいという電話、来客多数。「日本は疲れる」。一〇月二〇日、マドリードに戻る。

帰って来てホッとする。
マロニエ、アカシアなどの葉が散りはじめる。

L'Automne déjà!
もう秋か!　（ランボオ）

（『オリーブの樹の蔭に』）

一九八〇年五月、一年近くのグラナダ暮らしの後、一年半ほど日本に帰国していた父母とともに、私はマドリードに一ヵ月ほど滞在していました。

いつものように荷物持ちであることに変わりはないのですが、今回は父がNHKのプラド美術館を特集するテレビ番組に出演するため、その手伝いでもありました。

出発前、突然NHKの方々が私の家に訪ねてみえ、プラド美術館での撮影に際して、父の相手役になれとおっしゃるのです。手伝えと言われても、私はただの娘、テレビで父の相手などできようはずもありません。ましてやプラド美術館……、ゴヤ……、NHK……。確かに、私は大学で美術史を専攻してはいましたが、スペイン美術は父からの耳学問にすぎません。出発間際で、にわか勉強の時間もありません。

私が逡巡しているうちに、NHKの方々はお父様の了解もとりましたので、撮影の際は頷いてくださるだけで結構ですよ、よろしく、と言ってお帰りになってしまいました。

よろしく、などとんでもないことです。さて、困った。すぐに父に電話をすると、

「まあ、何とかなるよ。なにしろ、相手役に予定していた岸惠子さんのスケジュールが合わない。日本から誰か連れていく予算がＮＨＫにはないらしいし、時間もない。ちょうど君が一緒に行くのだから、いいだろう」

当時、岸惠子さんはパリにお住まいでしたから、ＮＨＫとしても都合がよかったのでしょう。岸惠子さんの代役とは、それはそれは光栄なことではありますし、岸さんは私の高校の大先輩でもあるのです。が、しかし、代わりなど務まろうはずもありません。しかも、予算がないから、私？

結局、父に丸め込まれてしまいました。

撮影は、プラド美術館閉館後の午後五時半から午後一〇時まで、約一週間続きました。ＮＨＫの方は、いとも簡単に毎日同じ洋服、靴、同じヘアスタイルでとおっしゃいます。もちろんヘアメイクの方など付けてはくれません。洋服、靴自前、髪も毎日自分でセットしました。撮影の間、毎日夕方になると、父と娘は着替えをし、化粧をし、髪を整え、プラド美術館に徒歩で出掛けます。

父は、

「まるでキャバレーのボーイとホステスの出勤だな。夕刻より服装を正して、いざCabaret Pradoへ！」

夕方五時半、閉館後の人気のない美術館でゆっくり絵を見られるということなど、めったにあることではありません。が、さすがに厳重な警戒網が敷かれ、いったん入ったら、終わるまで撮影スタッフ共々、外には出られません。もちろん自由に館内を見ることもできません。

私は、とにかく撮影ディレクターのおっしゃるとおりに、ゴヤの「裸のマハ」「着衣のマハ」の前を父の後にくっついて歩き、「カルロス四世の家族」の前で父の説明を聞きながら、頷き返し、カメラの都合で長い間待たされ、立ちっぱなしで、ハイヒールの爪先が痛い、脱ぎたいと思いつつ、やり直しと言われて歩き直し、冷や汗をたっぷりと流し、何とか一日目の撮影を無事終了しました。アパートに戻り、父と遅い夕食を取りながら、二人とも喉はガラガラ、いがらっぽいことこの上なしでした。

閉館直後の美術館内は、ものすごい埃だったのです。一日中、多くの観覧の人々が出入りし、内部に充満した埃は館内に閉じ込められるのです。当時のスペインは、プラド美術館といえども、まだ空調設備はそれほど整ってはいませんでした。

撮影のためのライトを点けると、光線の中に無数の埃が舞っていました。喉もガラガラになるわけですが、この埃、作品にも影響しているのでは、前に比べると絵がくすんでいるのでは、何とかしないと絵は永遠ではないと、父はとても心配していました。

埃、喉ガラガラ、しかも天井が高く、石造りの館内は音が響きすぎ、撮影と同時に音声を録音をすることが不可能になりました。

翌日から、録音は昼間ホテルで、撮影は夜。

Cabaret Pradoは一週間続きました。


一日に何千人、何万人の観客が入って来るのかは知らないけれども、それらの人々の運び込むチリ、ホコリ、ゴミに湿気、細菌、それに空気調節を如何にしてみても、プラド美術館の前の大通りはマドリード第一の排気ガス濃厚の地であり、もちろん空気の浄化などの対策は講じられているものとは思うが、やはり芸術作品は決して永遠のものであったりはしないのである。

それは寿命をもった生きものなのだ。

（「美術品の危機」『歴史の長い影』筑摩書房）


絵画は寿命をもった生きものということは、難なく理解ができます。

しかし、小説はどうなのでしょう。やはり寿命をもった生きものなのでしょうか。父に聞いてみたかったことのひとつです。

「寿命のあるものなど書かない！」と言われそうですが……。

プラド美術館へのお出入り禁止状態から数年が経ち、父にとってＮＨＫの撮影はちょうどよいプラド解禁日となったのではないでしょうか。

Cabaret Prado最終日、撮影はお出入り禁止の時期に、父の背中を支えてくれた大きな樅の木の下で行われました。初夏の気持ちのよい風が吹き抜け、ゴヤさんも、一〇〇メートルほど向こうからじっとこちらを見つめていました。

撮影終了直前、父は少し下がった眼鏡を右手で上げ、焦点を合わせ、視線はカメラとは別の方向を見ていたような気がします。父の視線の先はゴヤさんの銅像だったのでは……。この距離感のおかげで、父とゴヤさんとの長かったお付き合いに一区切りがつき、お互い心静かに向き合えるようになったのではと、私は密かに思ったものでした。

ＮＨＫのプラド美術館での撮影は、一九八〇年七月四日と八月八日の二回にわたって、「ＮＨＫ特集　美術紀行」の「スペイン光と影　ゴヤ」「スペインの至宝　プラド美術館」として放映されました。父は撮影後パリに出向いた折に、ＮＨＫのパリ支局でこの番組を見たのですが、「テレビの技術はすごい。肉眼ではほとんど見えないものまで映し出す」

番組そのものより、ビデオカメラの技術力に感嘆していました。私はといえば、日本に帰ってから録画してあった番組を、自分の出ているところは早送りして、一度だけしか見ませんでした。

二〇一二年、父の足跡をたどるツアーでも、もちろんマドリードを、そしてプラド美術館も訪れました。久しぶりのプラド美術館は驚くべき変わりようでした。内装は一新され、カフェやミュージアムショップもでき、ここはどこ？　私は戸惑いました。

かつて父が教えてくれたとおりに、見たい絵のところへ真っ直ぐ行こうと思ったのですが、途中で足が止まってしまいました。展示されている絵、どれもツヤツヤ、ピカピカなのです。館内の絵画作品は全面的に修復がなされたのでしょう。どれも新品同様という言い方はおかしいかもしれませんが、そう言うしかないほどにピカピカなのです。

これから先の絵の寿命を考えれば、ここまでの修復が必要なのかもしれませんが、私には違和感がありました。飾られている作品たちが、観光ブームに浮き足立っているように感じてしまいました。表面の埃を洗い流す程度にしてほしかったなと思いました。

あまりのピカピカぶりに少々嫌気がさし、カフェで一休み。とはいえ、次にいつ来られるか、もう二度と来られないかもしれないと思い、腰を上げ、この美術館で一番好きな絵を見にいきました。フラ・アンジェリコの「受胎告知」です。

描かれてから、少なくとも六〇〇年は経っているのだと思いますが、剝落の跡もなく、色あせることもなく、藍色の美しい、奇跡のような絵なのです。キリスト教の図像学的にこの絵が気に入っているわけではありません。この絵の存在自体が奇跡なのではと、本気で思っています。

奇跡の絵は、以前見た美しさそのまま、ピカピカに修復はされていません。思わず涙ぐんでしまいました。

フィレンツェのサン・マルコ修道院にもフラ・アンジェリコの「受胎告知」があります。イタリア旅行の途次、この作品を見学しましたが、私にはプラドの「受胎告知」が一番なのです。かつて、

父は私の偏愛ぶりをみて、

「アンジェリコは天使、天使が描いたのだから、奇跡さ」と言いました。

しばし奇跡の前にたたずみ、外に出て、ゴヤさんと前庭の樅の木にご挨拶しました。

「父がお世話になりました」

夢と現実のグラナダ

グラナダに住むことは、生涯の夢の一つであった。しばらくでもいい、バグダードからダマスカスを経て、北アフリカからジブラルタル海峡をイベリア半島へと渡った、広大な領域にわたるイスラム文化の、その西方の都の一つであるコルドバかグラナダに住んで、その甘美にして妖艶な残香と、いままさに落ちようとしている夕陽の残光とのなかに、わが生涯の終期を置いてみたい、と長きにわたって考えていたのであった。

（「グラナダにて」『バルセローナにて』集英社）

一九七七年一一月、日本で紹介を受けていたグラナダに住む若いアーティストの方たちに手伝っていただいて、父は家探しを始め、何軒か下見をして、グラナダ郊外のウエトル・ベガ(Huétor Vega)という村にある一軒家を借りることにしたのでした。

この家は、家探しを手伝ってくれたスペイン人画家・セバスティアンの持ち家で、彼は英語もよく出来るので、心強かったのだと思います。そして「家」は主婦の領域でもありますから、母が

「ここ、気に入りました……」と言ったことが大きかったのでしょう。私はこのウエトル・ベガの家は訪れたことがなく、父と母の手紙による情報でしか知りません。最初のうちは、なかなか調子よく、

「庭にバラの花が咲き乱れている。葡萄、リンゴ、イチジク、オレンジ、レモンの木、プールもある。豊かだ。道具もそろっている。アルハンブラは見えないが、シエラ・ネバダの山々が見える」。気に入っている様子でした。

二通目、三通目の手紙。

「木枯らしが、山から吹き下ろしてくる。寒い！　床がタイルだ。冷たい。しかしオリーブの薪は暖炉でよく燃えるし、火持ちがすこぶるいい」

「夢は夢。来ることと、住むこととは大違いだ。アンドリンも大変だったが、グラナダはものすごく寒い。シエラ・ネバダに雪が降るということを忘れていた」

父は北陸・富山の生まれですが、寒さには滅法弱いのです。寒さが身にこたえると、心細くなるそうです。といって、夏の暑さに強いわけではありません。暑ければ暑いで、アツイ、アツイと大騒ぎなのです。アツさが身にこたえると、やはり心細くなるのでしょうか。それとも……。

「夜、また木枯し、ヒューーッ。牛がモォーッと悲鳴。その牛の声にあわせて二階の犬どもが遠吠え……。何となく心細くさびしくなって来る。そういうことも数十年間、日本での生活ではなかっ

たことである」(一一月一七日、以下日記は『オリーブの樹の蔭に』より引用)

「寒くなって来た。シエラ・ネバダの雪氷は次第に山麓にまでおりて来ていて、夕陽にこの雪氷が薄紫色に映えるのは凄絶な眺めではあるが、しかし寒い……」(一一月二四日)

お天気が気になって仕方がないのです。寒いと日記の文章まで寒くなり、暖かいと文章も温かくなる。不思議なものです。これは父が「暮らし」をしている証しなのかもしれません。原稿用紙にへばり付いていれば、天気のことを気にする暇などないはずなのです。

プロパンガスのボンベの交換日や、生ゴミの収集日を気にし、市場で買う野菜や魚の値段を気にして、郵便局へ行き、銀行へ行き、それでも読書は、

「Roger Fairelle: Don Juan 読了」(一一月七日)

「Townsend Miller: Reines de Castille(カスティーリアの女王たち)を読みはじめる」(一一月一一日)

「読書を Darío Cabanelas Rodríguez: El Morisco Granadino(グラナダの改宗モーロ人たち)に切りかえる」(一一月一四日)

原稿は、

「午後、新潮社の「波」誌のための原稿八枚を書く。環境がいちじるしく異るのであるから書きにくいと言えば言えることではあろうが、小生としては、もうどこにいても同じことだ、と思っているらしいことを確認」(一一月二七日)

四〇年近く文筆業を営んでいるのですから、当たり前といえば当たり前のことかもしれませんが、

スペインで暮らし始めてからの父は、暮らしと仕事が両立しているのです。日本にいたときは、すべての雑事は母任せ。プロパンガスの交換など考えもしないことだったでしょう。仕事のことだけを考え、原稿を書き、勉強することに集中していればよかったのです。母曰く、

「プロなんだから、どこででも書かなきゃ、締め切りにはちゃんと間に合わせなくちゃ。それが当たり前でしょう」。母はこともなげに言い切ります。父曰く、

「弘法、場所を選ばず、だ」

ごくごく内輪の会話です。

ウエトル・ベガからの四通目の手紙。

「この家はやはり寒いので、引っ越すことにする。今度はスティーム暖房の入ったアパートだ。これなら安心だろう。アルバイシンのてっぺん、アルハンブラ宮殿の真っ正面だ。景色が素晴らしい。プールやテニスコートもあるぞ。しかし、またまた引っ越し、えらいことだ。

そういえば、TBSがここまでインタビューに来た。ご苦労なことだ。正月に放送するらしい。ラジオだ。録音しておいてください。

正月用品、送ってくれたかな。待ちかねている」

TBSラジオ・ニュースドキュメント78「堀田善衞・スペインの日々」は、一九七七年一一月二三日、ウエトル・ベガの家で録音され、一九七八年一月八日に放送されました。

父の出演したテレビやラジオのテープは、父の死後、神奈川近代文学館に所蔵本や生原稿とともに寄贈しましたので、文学館の資料課にお願いをして、ダビングしてもらったCDを聴きました。久しぶりに父の声を聴きました。テレビや講演などと違って、普段どおりのしゃべりです。時々母の声も聞こえます。少しだけ再生してみましょう。

伊藤(TBS)　堀田さんは、今は『ゴヤ』を書き終えられて、こちらにいらしているわけですが、最初新聞には休暇をと書かれてましたけど。休暇というお気持ちなのか、それとも次のお仕事を？

堀田　さあ、どうでしょうかね。次のことがぼんやり浮かび上がって来ているか、来ていないのか。わからない、自分でも。

母　この方、次の仕事って、みんな五年、一〇年先のお仕事ですからね。来年の仕事ではないですから。もう長いのはご免こうむりますね。(略)

堀田　仕事が終わって、不思議なことが起こりましてね。それは、僕のスペイン語は本当に読むだけの、昔のものを読むだけのスペイン語だったんです。五〇過ぎてからスペイン語を勉強したわけです。『ゴヤ』書いている間はかなり読めました。書き終えたら、まるで頭の中からジェット機が飛び立つみたいにして、スペイン語がファーッとみんな出て行ってしまった。

今度スペインに来て、住むことになりましてね、スペイン語の出てこないこと、おびただしいですね。全然ダメだ。

伊藤　ということは、ゴヤと付き合うための言葉であって？

堀田　まあ、そうでしょうね。（略）
伊藤　日課としては、どういう毎日をやっていらっしゃるのですか。
堀田　そうですね、何してますかね。とにかく起きて、その辺をひとまわりグルッと廻って、バラの花が咲いていれば切ってきて、買い物があれば、一緒に行って手伝いをして。本は読んでますけどね。今はイサベル女王一家の話を読んでます。それからきちっと三食食べてますことは事実です。それは日本では非常にしなかったことのひとつです。

久しぶりに聴いた父の声、不思議なことにあまり懐かしいという感覚はなく、「あら、元気だわ」と、つい思ってしまいました。亡くなって二〇年、その間、著作権を継承した身としては、父の仕事に関するさまざまな事務をこなしていかなければならず、父も、そしてその仕事も、とても身近なものだったせいでしょうか。ある意味、現場の声ともいえるものでした。

「あとは頼むな」

という声が、そこかしこから聞こえてくるような気がしています。そろそろ勘弁してほしいというのが、正直な心持ちではあるのですが、もう少し付き合っていくしかないのでしょう。

ウエトル・ベガでの暮らしは、一一月一〇日から一二月三日までの約一ヵ月。時期が悪かったのでしょう。父にとって寒さは大敵でした。次の引っ越し先は、グラナダの一方の丘、アルバイシンの頂上近くに建つApartamentos Carmen de Santa Amaliaという長い名の付くアパートでした（一九七七年一二月四日から一九七八年八月一八日まで滞在）。

そのアパートは、しかし、アルハンブラ大宮殿を、正面に見ることの出来る、アルバイシンと称されるかなりに高い丘の天辺《てっぺん》にあった。

この丘は、車一台がやっと通れるかどうかという狭い迷路に、白い背の低い家々が階段状に密集した、北アフリカのカスバを思わせる地域であった。

丘の上からの眺めは、実に素晴しかった。前面左の大宮殿は言うまでもなく、グラナダ全市と、〝溜息の丘〟も、その全部の背景をなす、シエラ・ネバーダの雪氷に蔽われた山々も一望であった。

空が晴れていて雲一つなければ、その紺青の色はあくまで深く、当方の眼《まなこ》そのものを青に染めるのではないかと思われるほどの、純粋な紺青である。（略）

——いまだかかるものを見しことなし。

と私は私に呟いていた。

（「グラナダにて」『バルセローナにて』）

「いまだかかるものを見しことなし」と父に言わせせるほどの景色を眼前にして、このアパートには冬から春、初夏、そしてアツイ夏の終わりまで滞在していました。やっと落ち着いたスペインでの暮らし、夢のグラナダ住まいが始まったのです。

アルバイシンへの引っ越しからまもなく、筑摩書房の編集者・岸宣夫氏に宛てた手紙が残っています。スペインからの父の手紙、合計二一通を岸さんは保存しておいてくださり、私に筆写をして送ってくださっていたのです。仕事の話もチラリ、本音もチラリ、さりとてよそゆきでもない手紙です。

21/Dec.

拝復

一二月一一日付の貴信、二〇日に受領しました。

これがおそらく新年おめでとうということになると思いますが、七八年がともどもによい年であるように。

私どもは別に逃げかくれしているわけではないのですが、いままでは所詮はジプシーで仕方がなかったので。しかし今度はこのadressに定住します。アルバイシンという丘のテッペンのアパートで、どうも我々は高いところに住むようになっているらしい。

「航西日誌」のこと、おまかせしますから、どうぞよろしく。ゆっくり組んで下さい。写真カットなどいらないでしょう。ゴタゴタしても仕方がありますまい。フランス装とは仮トジのことですか？　仮トジはどうも好きではありません。とにかくあまり大ゲサでなくして下されば、それで結構です。

私はそろそろ「世界」の原稿にかからねばならぬのですが、一つの「国」を書くということは思えば大変なことで、なるべくそれを考えないようにしています。毎日窓からアルハンブラ宮殿を眺めて茫然としている次第です。
当地は眼前に突き立っているシエラ・ネバダは真白だが、それほど寒くはないので助っています。ただスペイン人諸兄のラジオ・TVの音には毎日閉口しています。(略)
家内からもよろしくと。筑摩の諸氏にもよろしく。

堀田生

「教会の鐘。かくて一九七七年、終る。／この年、如何なる悔いもなし」(一二月三一日)

私がこのアパートを訪れたのは夏、七月も終わりのころでしたので、それまでの父母の暮らしぶりは、父からの手紙と、岸氏宛の手紙、そして後に父が上梓した『オリーブの樹の蔭に』に記されていることしか知らないのです。『オリーブの樹の蔭に』を読んでいると、あたかも、自分がその場にいたかのような錯覚に陥ってしまいます。まあ、親子ですから、そういう気分になっても致し方ないのかもしれませんが、「見てきたように物を書き！」というわけにもいかないでしょう。冬から春、初夏にかけての様子は、『オリーブの樹の蔭に』の記述に譲ることにいたしたいと思います。
一九七八年七月二五日、私はスペイン観光局のマスコミ招待のチャーター機に便乗して、たくさんのマスコミの方々と一緒にスペインに到着しました。倉本四郎氏、室謙二氏、島尾伸三氏(島尾敏雄氏ご子息)、佐伯泰英氏(当時は写真家)もご一緒でした。
この年の七月は、父にとっても、私にとっても、忘れることのできない七月でした。
「快晴。／歯茎が腫れ、ひどく肩がこる。抗生物質を飲んでやる。／受信。代々木の娘より、また来るという。その手紙に新聞切り抜きが同封してあり、柴田錬三郎君の死を知る。(略)／外国にいて心の準備が出来ていないときに、突然こういう知らせをうけることは身にこたえる。／小生が芥川賞を受けたとき、彼と久生十蘭氏が直木賞であった。両方とももういない。／われわれがこの国へ越して来てからでも、もう吉田健一、平野謙、柴田錬三郎と三人が亡くなっている。ある時々に、それぞれに関係の深かった人々である。瞑目」(七月八日)
「小生六十一回目の誕生日なれど、わが生涯にもっともアツイ誕生日なり。／代々木の娘より電話。二十五日当地着とのこと。アツイぞとおどかす。この電話で筑摩書房倒産とのこと。参った、参った」(七月一七日)
「筑摩書房へ激励電報をうつ(八五一ペセタ)」(七月一八日)
どのような電報だったのか。作品『オリーブの樹の蔭に』のもとになった日記に、電文の下書きがありました。
「SAISYUPPATSU NO TAME ROSHI TOMODOMO GODORYOKU O NEGAU STOP HOTTA」(七月一八日、日記原本より)
「再出発のため、労使ともども御努力を願う」——父にとって、筑摩書房は大切な仕事のパートナーです。経営者側にも、組合側にも、長いお付き合いのある編集者の方々がいました。父としては、双方ともに再建に向けて頑張れという意味での、苦心の電文であったのでしょう。私の頭の中ではいつまでたっても、柴田錬三郎氏の死と、筑摩書房の倒産と、父の誕生日がセットになって記憶されています。

柴田錬三郎氏とは、一度だけ、父と一緒に出席した出版社のパーティでお目にかかったことがあります。父は片手を上げて「ヤー」と挨拶し、柴田氏も「ヤー」それだけでした。同い年、そして同じ時に芥川賞と直木賞を受賞し、はたけの違うところで仕事をしていても、文士の友情は、何も語らなくてもよかったのでしょう。

七月二五日午後八時ごろ、私はグラナダ空港着。タラップを降りると、カラカラに乾ききったアツイ空気が覆い被さってきて、一瞬呼吸困難になりそうなほどでした。太陽は、まだ滑走路をアツク照らしていました。迎えに来てくれた父は、

「今、四五度ある。車に触るなよ、熱くてやけどする」

サングラスをかけ、真っ黒に日焼けして、腰にサマーセーターを巻き、すっかりグラナダの男になっていました。

アルバイシンのアパートに着いてから、話はもっぱら筑摩書房の倒産事件でした。父が若いころ、筑摩書房は銀座の泰明小学校の前にあったそうで、そのビルのウィンドウに飾られていた三冊の本、

『中野重治随筆抄』、宇野浩二『文芸三昧』、中村光夫『フロオベルとモウパッサン』を眺めて、いつか自分の本がここに並べられるような作家になりたいものだと思ったと、遠い昔の思い出話をしてくれました。

深夜一時、父は暑さしのぎに、着替えてプールで泳ぎ始めました。私はベランダからプールを見下ろし、父の、のーんびり、ゆーったりの泳ぎを眺めつつ、月に照らされ、黒いシルエットとなって浮かび上がっているアルハンブラ宮殿を見つめていました。話に夢中で、アルハンブラに沈む夕陽を見損なってしまいましたが、確かに、

「いまだかかるものを見しことなし」というにふさわしい遠景でした。

私がグラナダにいた四日間、空は雲一つなく、瞳を射るような青一色。日差しは皮膚を刺すがごとく、空気カラカラ、鼻の奥が乾いてきます。グラナダの街は人気なし。歩いているのは観光客だけでした。そして、父の体感温度はアツイ、アツイから、身体内沸騰状態になっていったのです。

「猛烈壮烈にアツイ」(七月二五日)

「あまりにアツイので、夕刻からS君、K君などと二台の車に分乗してシエラ・ネバダの山へ逃げる。(略)／夜に入ってもアツイ。雪渓、三〇〇〇メートル、それでもアツイ、これはもう理解を越える……」(七月二六日)

「これはもうダメだ。／一目散に山を降りて旅行社に駆け込み、ノルウェーへ行きたいと申し出

るも、彼の地にホテルがない……。／アックてアタマも変だ。夜半になっても35°」（七月二七日）
「アックて何も書けない」（七月二八日）
「午前四時起床、四時五十分出発。／十一時半、マドリード着。／この道中のアツカッタことといったら……」（七月二九日）

父は、ついに炎暑のグラナダを逃げ出しました。私の帰国便はマドリードからの出発なので、マドリードなら少しは涼しいかということで、一緒にグラナダを出発したのでした。当時の車にはエアコンは装備されてなく、道中は日差しに肌が焦げそうでした。

マドリードのホテルにはエアコンがあります。これで一息つけたのでしょう。チャーター機で来たマスコミの方々が帰国便の出るマドリードへ戻ってきて、次々と父のホテルを訪ねていらっしゃいます。アツサの次は千客万来です。お客さまのないときは、父はひたすら昼寝。どっと疲れが出たようでした。マドリードで少し様子を見て、今後どうするか考えると父は言い、私は一週間ほど比較的涼しいマドリードに滞在して、父の要らない荷物を背負わされ、日本に戻ったのでした。

私が帰って一週間後、父のもとに電報がきて、A・A作家会議のロータス賞に内定したので、一○月にタシュケントへ来てほしいとのことでした（授賞式は翌年六月アンゴラ）。以前、アンドリンを引き上げ、マドリードに滞在していたときは、大佛賞を受賞して、いったん日本に戻りました。グラナダからマドリードへ逃げ出して、今回はロータス賞です。マドリードにいると、どうも父のもとには賞が降ってくるようです。

父は、マドリードでソヴィエトのビザを取得するのは大変なので、この際グラナダを引き上げ、日本に戻ることを決めたのでした。

「明朝五時にここを出てグラナダを引き揚げに行くのだが、いざとなると淋しい気がする。グラナダがウチだという気にやはりなっているのである」(八月一四日)

「グラナダは意外にアツクない、風は涼しい。やれやれである。しかし決めたことは決めたことである」(八月一五日)

「こんな筈ではなかったと思うほどにさわやかである。あの息づまるアツサはどこへ行ったのか!/暗くなってグラナダ盆地のヴェガ(緑野)の方々に畑を焼く野火が燃えている。去りがたし。/荷造り大変なり」(八月一六日)

「アルハンブラ宮殿の上に、満月。/Adiós Granada!」(八月一八日)

グラナダのアパートを引き揚げて、マドリードで一ヵ月ほどを過ごし、父母は再び日本に戻ったのでした。

父の夢のグラナダ暮らしは、寒さで始まり、Ya es primavera(もう春だ)という父の大好きなスペイン語の季節を堪能し、初夏、アルハンブラ宮殿でのグラナダ音楽祭に出かけて、至福の時を過ごし、アツイ、アツイ、グラナダの夏も経験し、去りがたいと思いつつも、夢を実現した父にとって、心満ち足りた一年弱のグラナダ暮らしだったのではないでしょうか。

バルセロナの定家さん

一九七八年九月から一九八〇年五月まで、約一年半余の日本滞在中、父はタシュケントのＡ・Ａ作家会議二〇周年記念大会に赴き、アンゴラでのロータス賞授賞式に出席。『スペイン断章――歴史の感興』（岩波新書）、『スペインの沈黙』（筑摩書房）、『オリーブの樹の蔭に――スペイン４３０日』（集英社）を刊行。スペイン政府より、賢王アルフォンソ一〇世十字勲章を授与され、東京のスペイン大使館にて授与式。『朝日新聞』の書評欄の書評委員を引き受け、雑誌連載、対談、ラジオ、テレビの出演と、父としては、かなり忙しく立ち働いていました。

「落ち着いて勉強する時間がまったくない。早くスペインに戻らねばならん」

一九八〇年五月、父は一年半の勉強時間のロスを取り戻すべく、再びスペインに戻って行きました。パリにてサルトルさんのお墓参り、マドリードにてＮＨＫのプラド美術館の撮影を終えて、またもやの家探しです。

今回は『路上の人』執筆のための取材をするため、アクセスのよい、フランス側ピレネーに近いカタルーニア地方に住むと決めていたようで、グラナダで親しくなった若い彫刻家・増田感氏もバルセロナ近郊での仕事場探しをしていたため、一緒に探してもらっていたのでした。

借りる家の候補が見つかったとの増田氏からの知らせに、父母と私は、マドリードから家の下見にバルセロナへ直行。候補の家は、バルセロナ市内から車で一五〇キロほど北、フランス国境からも南に一〇〇キロほどの、カタルーニア州ヘローナ県のイォフリウ(Llofriu)という小さな集落にありました。

ヘローナ市内から車で二〇分ほどの、街道沿いを少し入ったところにある一軒家。家主の別荘が隣にあり、カタルーニア地方ではマシア(masia)と呼ばれる庭付き一戸建て、石造りの元農家でした。家の中は現代的にリノベートされていましたが、

「大きすぎる！　さて、どうしますかね、お母さん」

父は、母の反応をうかがっていました。

「ヨーロッパ田舎暮らし、慣れました。ここにしましょう」

母の一言で、すべては決まりました。

石造りの一軒家はグラナダのウエトル・ベガの家で懲りていたはずなのですが、ここはカタルーニア、温暖な地ではあるし、次を探すということも甚だ大変。父と母は、この家に住むと決めたのでした。六月二一日、イォフリウに引っ越し。荷物はマドリードの島眞一さんと、仕事でスペインへ来ていた佐伯泰英さんが、車で運んでくださいました。

生け垣に囲まれた家は、広い芝生の庭を中心にオレンジ、レモン、ビワ、葡萄、そしてミモザの

木が周囲を囲み、石造りの家の外壁には蔦がからまり、ちょうどミモザの黄色い花が咲き始めたころで、ここは南フランスかと思わせるような、見た目、とてもすてきなヨーロッパの田舎家でした。隣近所はというと、お向かいに乳牛を飼う農家、少々臭います。裏には郵便屋さんの家。これは郵便物の多い父にとっては便利です。表の街道沿いに雑貨屋さんが一軒、レストランが一軒。街道の少し先に数軒の家屋。それだけでした。

後にわかったことですが、お向かいの乳牛から搾られた牛乳は雑貨屋さんに直行。毎朝父が飲む牛乳は、入れ物持参で買いに行くということになっていました。牛乳を買いに行くのは父の役目です。農家のおばさんも、雑貨屋のおばさんも、人の良さそうな、しゃべり出したら止まらない、若干お節介な人たちです。ちょっと油断すると、会話はスペイン語から、あっという間に立て板に水のカタラン語になります。おばさんたちは毎日延々としゃべりまくり、カタラン語のわからない父は閉口していました。ここはカタルーニアなのです。道路の標識もカタラン語が併記されています。ヘローナ(Gerona)は、カタラン語のジローナ(Girona)と呼ばれることが、ここでは正式になっていました。

当時の父の日記が残っています。その中から少し抜粋してみましょう。

「晴、曇／佐伯君運転で、Cadaqués〔カダケス〕へ。／Ullastret〔ウヤスレ〕村のPoblado Ibérico〔イベリア人の定住地〕の跡を見て、Ruins Ampurias〔アンプリアス遺跡〕のギリシャ、ローマ遺跡へ到る。

（略）／いかにもギリシャ、ローマの帆船が小さな砂の浜の入江に入って来るのを見る気がする。ギリシャの壺、美し」（六月二四日）

「曇／朝七時、佐伯君バスでBarcelona〔バルセロナ〕へ。／バスはすぐ横のRestaurant Sala Granの前から出る。／大分落着いて来た。／今日は一日外出せず、庭の手入れ。ナランハ（オレンジ）を落して百合子はナランハ風呂をつくる。／しかし、三年前と比べると小生も家内もすぐに疲れる。体力の衰えは覆いがたし。小生は疲れると背中にある種の痛みを覚える。胃にも」（六月二六日）

「隣の夫妻〔大家〕は、一一時頃からヨットに乗りにCalella〔カレーリア〕へ行き、八時頃に帰って来てから、庭の芝を刈り、水をまき、飯を食いに行き……／その énergique〔エネルギッシュ〕なことにはホトホト感心。／小生はこの夫妻の本のなかに“Godfather”: Mario Puzoを見つけて読みはじめる。／庭のオレンジ（ナランハ）の木の影に椅子を持ち出して」（六月二九日）

「今朝五時までかかってGodfatherを読了。敵を殺し、味方の裏切者を殺し、殺し殺して、どうするのかと思っていたら、おしまいにはカトリックの神様におっつけてしまった。都合のいい神様もあったものだ」（七月一日）

「天気よくなりつつある如し／一日全体。／カンさん〔増田感氏〕と百合子は買物、家さがし。なかなかない。（略）／昼食、カサゴの煮つけ、夜はヒラメのサシミと煮つけ。ともに美味。ヒラメはキロ1000 ptas〔ペセタ〕、タイも同じほどなり。かくなれば、魚は生きがよくてとびはねている。逗子よりもよいかもしれない。／そろそろ勉強をはじめている」（七月三日）

「快晴／〇鯛のアタマのカブト煮、きわめて美味。／塩焼もよろし。皮のうまさ。大根もまたオロシにしても充分なり。立派だ、Catalunya〔カタルーニア〕は！　比べてAndalusia〔アンダルシーア〕は不毛の土地なり。／キャベツも塩もみだけでツケものになる。マドリードのやつの硬さ」（七月四日）

「石田吉貞の「藤原定家の研究」を読みはじめ、俊成に子供が二七人もあり、定家にも二七人の子供がいたことを知り、ビックリ仰天なり。かくまでにおさかんとは知らなかった。おどろくべし。それにこの当時、姉も兄であり、妹は弟なりとは。／百合子、帰国の用意」（七月六日）

「やっというか、とうとうというべきか、二人だけになった。（略）／Aeropuerto〔空港〕でArthur Hailey: Overload〔邦訳『エネルギー』〕を買う」（七月七日）

「曇／Arthur Hailey: Overload／André Cauvin: Découvrir la France Cathare〔フランス・カタリ派の

発見」／石田吉貞：藤原定家の研究／J. A. Michener：IBERIA〔邦訳『わが青春のスペイン』〕／四冊併読」（七月八日）

「天気よし／Arthur Hailey：Overload 読了。／ちょうど500p. p. なり。英語を読むことのなんとやさしいことであろう。／しかし定家には閉口」（七月一一日）

「快晴　海からの風さわやかなり。／Découvrir la France Cathare を読了。／順調に時間がたって行っている」（七月一三日）

「快晴／定家には閉口。官職、衣裳、食い物、何もわからない。（略）／自分の中に五人の仕事師がいて、あたかもオーケストラの音合せの如くにガヤガヤだけである。Conductor がいないのだ。／一人は八百年むかしの日本を手さぐりし、もう一人は七百年むかしの Pyrénées〔ピレネー〕山脈のフランス側でおろおろし、もう一人は自分のA・A時代の回想をしつつ、新聞寄稿の方は Catalan Identity〔カタルーニアのアイデンティティ〕のことばを考えている。／それが、朝はパンを一日おきに買いに行き、夜は二日おきに牛乳を買いに行き、食品世話までをしている。それは面白くもある」（七月一八日）

イォフリウに引っ越してからの、約三週間の父の日記の一部です。カサゴの煮付け、ヒラメの刺身、鯛のカブト煮が美味しいということは、日々の暮らしが順調ということでもあるでしょう。読書の手始めに『ゴッドファーザー』を朝までかかって読み、母に呆れられていました。そしてヨーロッパ・キリスト教の異端・カタリ派、藤原定家、スペインについて、プラス世界的ベストセラーを読み進め、勉強を始めています。順調に時間がたっているということは、順調に勉強が進んでいるということでもあるのでしょう。

自分の中にコンダクターがいないと言いつつ、カタリ派、藤原定家、アーサー・ヘイリー、ジェイムス・ミッチェナーの四冊併読とは驚きました。可能なのですね、こういう読み方が。

私は七月七日に日本に戻り、ついに広い家に、父母の二人だけになりました。しかし、訪ねてくださる方もありました。小旅行にも行っていました。

七月二一日――佐伯泰英氏、集英社『月刊PLAYBOY』編集長・池孝晃氏来訪。

七月二三日から二七日――島眞一夫妻とともにサンティアゴ・デ・コンポステーラへ。

八月四日――ペルピニャン、ベジエ、サン゠ポン゠ド゠トミエール、マザメ、モンセギュールまで。佐伯泰英氏とともに。

八月二六日――島眞一夫妻来訪。

八月二七日――安岡章太郎氏、治子嬢来訪。

九月四日――三泊四日のフランスの旅行社が主催するカタリ派の地をたどるツアーに参加するため、フランス・アヴィニョンへ。
九月八日――アヴィニョンにて、佐々木基一夫妻と合流。一緒にイォフリウに戻る。
九月一三日――ヘローナ在住、パナソニックの須佐夫妻来訪。

このころ、イォフリウの家の水道の水質が悪化。砂混じりの水は濁り、ミネラルウォーターを使わないと調理もできなくなり、水道工事をしても改善せず、どうにもならないので、バルセロナ市内への引っ越しを検討していたようです。田舎暮らしというものは、ヨーロッパでなくとも、どこでだって、なかなか難儀なもの。いろいろな事件が起こるのです。逗子の家でだって、下水が詰まった、木が倒れた、崖が崩れた、いろいろあったのです。父が知らないだけなのです。

イォフリウの家、たとえ水の問題がなかったとしても、温暖なカタルーニアといえども秋風が冷たくなり、冬になればピレネー山脈からの風が吹き下ろし、石造りの家は足下から冷え込むでしょう。サムイ、サムイとなる前に引っ越しを決断して、大正解だったのだと思います。

父は、やっと落ち着いて勉強ができると思っていたのに、またもや家探しと引っ越しをしなければなりません。これは、相当神経に触っていただろうとは思いますが、元来流れにはあまり逆らわないたちなのです。スペインで暮らし始めてから、父の歩いている後ろ姿を見ていると、全身の力がぬけて、仕事以外の何事にも力まない、挑まない生き方が垣間見えているような気がしていました。

父の人生の終幕の一コマ目は、なかなかに忙しいものではありましたが、イォフリウの家で、次の仕事のための勉強をスタートさせることができたことですし、結果、『カタルーニア讃歌』（新潮社、一九八四年）という美しい本も出来たのです。父の人生の最終幕には、まだもう少し時間があるでしょう。


一九八〇年一〇月五日、父はバルセロナ市内のアパートに引っ越しをしました。マドリードでの滞在を除いて四回の引っ越し、五回目にして、ようやくスペイン安住の地を見つけたのでした。二二〇m^2もある広いアパートメントです。父の友人で、バルセロナのホテルのオーナーの方が契約前に見に来て、ここでスケートでもするのかと、呆れていらっしゃいました。大家さんはカタルーニアの上流階級の方で、家具、電気製品、暖房、リネン類もそろっていて、玄関番のおじさんも常駐、安全も確保でき、申し分のないところでした。

バルセロナの街は、アンドリン、グラナダ、イォフリウとは違い、大都会です。そして港町です。愉しみもたくさんありました。ちょっとあそこへ、ガウディさんでも見物するかと思い立てば、外へ出て、タクシーに乗れば行くことができます。

カタルーニア音楽堂(Palau de la Música Catalana)や、リセウ大劇場(Gran Teatre del Liceu)にも、それほどの料金を払わなくても、良い出し物がかかっていれば、いつでも出かけることができます。

車を飛ばし、地中海沿いにシッチェス(Sitges)、タラゴナ(Tarragona)まで行き、ローマの遺跡を見物しつつ、海鮮山盛りのお昼ご飯を満喫することもできます。動物園だってあります。

バルセロナの動物園には、有名な白ゴリラがいたのです。名前はコピート・デ・ニエベ(Copito de Nieve、小さな雪片)、なかなか哲学的な顔立ちです。旅行中にイォフリウの家に立ち寄ってくださった安岡章太郎氏は、「ゴリちゃん」と奥様が呼ばれるほどのゴリラ好き。バルセロナには、白ゴリラに会いたくていらしたのではないでしょうか。滞在中、二度、三度と動物園に通われていました。

父は、港近くピカソ美術館のある、ゴティク地区界隈が好きでした。この辺りは、昔の廻船問屋街でもあるのです。父の生家は北陸富山・伏木港の廻船問屋でした。幼年時代の港町の記憶と重なり、古道具屋の店先にある船の道具類を冷やかし、地下をのぞいては、ここは船着き場に通じている秘密の通路だなと言い、石の壁を叩いては、きっとこの裏には秘密の蔵がある等々、想像逞しく、愉しんで歩いていました。

疲れたらカフェで一休みです。コーヒーのときもあれば、ビールのときもありました。新聞を片手に、道行く人を眺めながら、時に、ケーキを注文し、出てきたケーキがあまりに大きく、あまりに甘く、閉口しているときもありました。

「カフェの隣の席から聞こえる話し声が、理解できないのがいい。自然に耳に入るようになってくると、もういけない。ウンザリしてくる」

日本にいるときに、父と喫茶店でコーヒーを飲むなどということは、私の記憶にはないことです。スペインに居を構えたからこそ、母も私も、このような何でもない時間を父と共有できたということは、今思えば、とても仕合わせなことでした。

当時、バルセロナには日本料理店が二軒ありました。そのうちの一軒、「山鳥」に、父母はよく食事に出かけていました。オーナーの山下吉澄さんが日本からお嫁さんを連れてきたとき、父は仲人を頼まれました。結婚式をするのに、どこかバルセロナ近郊でカトリック教徒でなくても式を挙行してくれる教会があるだろうと、父はあちこち探していました。少しお布施を弾めばやってくれるだろうというのが、父の考えでしたが……父の考えは甘かった。どこにもなかったのです。山奥の小さな教会でさえ、非カトリック教徒の式は断られてしまったのです。スペイン・カトリック教会の厳格さを、父はこの結婚式騒動で思い知ったようでした。

ということで、教会での式は無理ということになり、会場を借り、日本人なのだから神式にしようということになりました。ところが、神式で結婚式を挙行するには神主さんが必要です。もちろん神主さんはいません、バルセロナにも、マドリードにも。

神主代理は仲人の父の役目となりました。榊《さかき》の代わりに月桂樹の葉で玉串を作り、原稿用紙で御《ご》幣《へい》を作り、父流の祝詞《のりと》を創作し、仲人役を何とか無事相済ませたのでした。この結婚式当日、私は日本に戻っていましたので、どんな祝詞だったのかを知りません。その祝詞の下書きも残ってなく、読んでみたかったなと、とても残念です。後に、父に聞いた話では、「定家さんの日記をだいぶ探したんだ。しかし、どこを探しても祝いの歌が出てこなかった。仕方ないから自分で創った」と言っていました。

その後、山下夫妻に第一子が生まれたとき、名付け親にもなりました。その名は「朗奈」。バルセローナの朗奈君です。


スペイン在住時、父の大切な相方は、母でも、私でもありませんでした。

父の相方、その一。ＩＨＴ、インターナショナル・ヘラルド・トリビューン、ヨーロッパ系の英字新聞です。引っ越しをすると、何よりも一番先に、パリのヘラルド・トリビューンに手紙を書き、住所変更をします。新聞は郵送で届きます。まとめて二、三日分来たり、空港や飛行機がストライキに入ると、まったく来なくなります。そのたびに、ＩＨＴは何をしている、どうなっていると、文句タラタラでした。

父のヨーロッパ諸々情報のネタ元は、主にヘラルド・トリビューンでした。政治経済欄はもとより、株価、文化芸能、書評、広告、隅から隅まで読みます。日本でも、新聞は父の大事な相方でしたが、スペインにいても変わりないのです。

「ヨーロッパの新聞の中で、偏りがなくて、比較的公平な判断が書かれている。英語も読みやすい。役に立つ」

父のスペインでの日記には、ヘラルド・トリビューンからの切り抜きがたくさん挟み込まれていました。

「おい、ニースの郊外の家が売りに出ているぞ。プールもある。庭も広い。いいかもしれないぞ。カタログを取り寄せよう」

買う気はまったくないのですが、こういうことは楽しいらしいのです。

「おい、アルマーニの広告だ。ちょっと見てみろ。さすがだな」

着る物はすべて母任せですが、隠れブランド好き、新し物好きでした。

新聞からの情報提供は、数限りありませんでしたが、私が覚えていることはごくわずかです。思い出すのは、父の手に付いた新聞のインクで、トイレの蓋が真っ黒になっていたことです。

父の相方、その二。ラジオです。長波、中波、短波のすべてが入るラジオを、旅行にも持ち歩いていました。主にイギリスのＢＢＣ放送を聴いていましたが、ヴァチカン放送もお気に入りでした。

「何か大きな事件が起こったとき、ヴァチカン放送の法王の見解は役に立つ」

あるとき、バルセロナの自宅に朝日新聞パリ支局の方が訪ねてみえました。その方の時計が、一定時刻になるとピーピーピーと鳴るのです。父は尋ねました。

「何の音だ？」

朝日の方は、

「すみません、うるさくて。ＢＢＣのニュースの時間です」

「ほう、そういう時計があるのか」

興味津々、かなり羨ましそうでしたが、さすがにタイマーの付いた時計を買うとは言いませんでした。

「こちらが必要なときには、うまく入らない。突然India Callingだとか、アルメニア放送なんぞ、とんでもないところが入ってくる」

小型ラジオのチューニングには、真剣そのもの、音が少々割れるのは承知のうえで、ラジオで音楽も聴いていました。ジョン・レノンがニューヨークで殺されたとき、父はラジオから流れるビートルズの曲を一晩中聴いていました。

「悪い世の中だ。せっかく再出発をしたばかりなのに。ヨーコは無念であろう」

かつて、父がジョン・ケージ氏と対談をしたとき、通訳はオノ・ヨーコさんだったそうです。「イエスタデイ」を聴きながら、ヨーコさんの話す日本語は素晴らしく美しかった、いい日本語だったと、話していました。

バルセロナ街暮らし、出会いもあり、散歩をするところもあり、愉しい日々となりましたが、父には大仕事が待っていたのです。

さてまた、しかし、である。ではスペインへ居を移して、では何をすべきか、何がなされるべきことであるか。

筆者の書き物の順としては、歌人藤原定家の日記『明月記』について、の番であった。これを書くについて、スペインではなくて京都ででなければならぬのではないか、と可成りに思い悩んだのではあったが、現在の京都に八百年前の京都を見出そうとすることの困難が思われ、当時の京都のことは定家氏にお任せすることにしたのであった。

スペインへ移って、全文定家流漢文の『明月記』を読む、そしてそれについて書くことは、両者ともに困難を極めたけれども、外国生活の利点は、時間が全部自分のものとして思う存分にまかなえた点にあった。そして、『明月記』を読み進めるに従って、定家卿の年齢が、次第に筆者自身の年齢に近付いて来てくれることが嬉しかった。

これもまた、いまにして思えば、ということであったが、定家卿が筆者自身の、内部からの〈老〉の熟成を助けに来てくれていたのであった。すなわち、〈老〉の熟成とは、精神の自由ということであり、それはまた、内面的な若がえりをも意味したであろう。言うまでもなく、要するに比較的に、ということではあったが、かくてえられた精神の自由は、九〇年代に入って、筆者が七〇歳代に達したとき、ミシェル・ド・モンテーニュの城館に近付いて行くことを可能にしてくれたのであった。

（「著者あとがき」『堀田善衞全集16』）

『定家明月記私抄』は、『波』一九八一年一月号に第一回目を掲載し、その後一九八四年四月号までの連載すべてを、父はバルセロナの書斎にて書き綴っていったのでした。

父母がこのアパートへ引っ越して一ヵ月半後、私は藤原定家関連の重たい書籍をスーツケースに詰め、冬物の衣類を本の間に詰め、父の好きな山芋を入れ、バルセロナに出かけました。その後、一体何度バルセロナに通ったことでしょうか。大仕事に付き合っていく家族というものも、書いている本人とは違った意味で、大変なのです。

『ゴヤ』のときも大変でした。『朝日ジャーナル』――週刊誌への連載ですから、締め切りは毎週来ます。予備の原稿などほとんどないわけですから、締め切りに合わせての生活サイクルにならざるをえません。食事の時間も、外出も、すべて父の原稿次第と相成ります。一年のうち八ヵ月連載、四ヵ月休載で四年間続きました。休載中に世界各地に散らばるゴヤさんの作品を見にいき、スペインでの資料集めに出かけていました。しかし、ゴヤさん関連の資料は英語、スペイン語、フランス語、すべて父はそれほどの苦労なく読むことができました。

定家さんは独自な漢文、父は読み下すのに本当に四苦八苦していました。教養がないと嘆き、「明月記わからん帳」というノートを作り、一言一句を理解するのに三日も四日もかかり、それが定家さんの当て字だったりすると、もう唖然、茫然、どっと疲れていました。当然機嫌も悪くなります。それが三年四ヵ月続きました。その後休筆をはさんで、日本において書かれた続篇、二年三ヵ月も併せれば、約八年です。

「快晴／定家は大変だ」（一九八〇年一一月三〇日）

「晴／定家書き直し。／今日はChivas〔チバ氏、不動産屋・家賃の支払先〕のところへ行くべき日だが、原稿で行けない」（一二月一日）

「晴／ようやく、一〇枚。ヤレヤレ」（一二月二日）

『定家明月記私抄』第一回目の原稿が書き上がった深夜、一〇枚の原稿を頭上高く掲げ、バタバタと旗を振るようにして、書斎から出てきました。

「うまくいかない。書き直した。まあ、そのうち慣れるだろうがな」

厳しい表情でした。いつもでしたら、原稿が書き上がると、うまくいったとか、上出来だとか、機嫌よく自慢話が始まるのですが、その夜は寝酒も飲まず、お風呂にも入らずに寝てしまいました。その後、父の書斎は、壁に平安京の地図が貼られ、有職故実の図版が貼られ、年表が貼られ、机の上に積まれた『訓読明月記』の表紙には手作りインデックスが貼られ、定家さん一色となっていきました。

しかし、この当時、定家さんだけを書いていたわけではないのです。岩波書店『世界』に「情熱の行方――スペインに在りて」を不定期に連載。その取材にスペイン各地に出かけなくてはなりません。『朝日新聞』に、これも不定期ではありますが「在欧通信」として原稿を書き、筑摩書房『ちくま』に「人、親しければ」も書いていました。さらに、新潮社『芸術新潮』に「カタルーニア讃歌」を連載し、カタルーニア各地への取材もしていました。

ただ、定家さんに四苦八苦している分、『情熱の行方』や『カタルーニア讃歌』執筆のための取材は、いい気分転換にもなったのではないかと思います。各地のロマネスクの教会やローマ時代の廃墟を見て、ヨーロッパの歴史を考え、それが日本の歴史、定家さんの情景と重なり、重層的横断的に物事をとらえられるようになったのでは……というふうに事は簡単ではないのだとは思いますが、母も、私も、ただただ、黙って見守るしかないのでした。

『定家明月記私抄』の連載が始まって一年二ヵ月後、一九八二年二月と三月の父の日記です。

「午前雨ヒドイ、後晴レ／○このところ三、四日、昼も夜も定家氏の戸籍調べ、タイヘンなり。今日からは財産(不動産)調査。これもタイヘン。この上歌まで書くのだからヤリキレません」(二月一七日)

「曇／朝から晩まで定家さん」(二月一八日)

「曇のち晴／今日も一日定家さん」(二月一九日)

「晴／終日、定家勉強。明月記註記。／こんなにベンキョウをしているとは、誰も知るめえ！／散歩」(三月一八日)

定家卿、このとき三七歳です。七四歳で『明月記』の記述が終了するまで、あと三七年あります。深夜、バルセロナの書斎で、父は大声で叫んでいました。

「ガンバッテイレバ、イツカハオワル」

一九八二年、バルセロナでの暮らしも二年を過ぎ、父の定家さんは相変わらずタイヘン、タイヘンでしたが、執筆当初の悲壮感はなくなり、原稿の貯金も少し出来たのです。六月、父は西ドイツ・ケルンで開かれる「反核・国際文学者会議(INTERLIT '82)」に出席するため、母、私とともに、車で三週間の大旅行に出発しました。親子でこのように長い旅に出るのは初めてのことです。この旅行、父、一世一代の家族サービスともなったのでした。観光、買い物、何でもありでした。

六月一三日、バルセロナを出発、フランス、スイスを経てドイツへ入ったのです。六月一八日、カールスルーエ、ルートヴィヒスハーフェン、マインツ、コブレンツを経て、ケルンに到着。ケルン大聖堂近くのホテルには、すでに日本から中野孝次氏、李恢成氏、針生一郎氏、栗原貞子氏、伊藤成彦氏が到着されていました。これより二五日まで、父は会議に出席。会議のテーマは「現代の作家と彼らの平和への貢献・その限界と可能性」というものでした。

朝、出席の皆さんと一緒に会議場へ出かけ、夜は、ビヤホールで会議の打ち合わせや、この種の国際会議に不慣れな方のために解説をしていたらしいのです。ホテルに戻ってくると、もうグッタリ、大演説をしてしまったと言い、一杯飲んで、すぐに寝てしまう毎日でした。

このケルン滞在中、私の印象に強く残ったことは、在日の作家としてこの会議に出席していらした李恢成氏に向けた父の眼差しでした。李氏と父との会話を直接に聞いたわけではありませんが、ホテルの部屋に戻ってきた父は、

「結局のところ、国家ではなく、人間なんだよ。肩の力が抜ければ、そのうちわかるはずだ」と言い、「作家は国には属さない。ごくごく個人的なものなのだ」と言っていました。

先輩文士としての友情、いや優情なのだろうと感じました。国際人とか、コスモポリタンという言い方を、父は好みませんでしたが、この会議での動きを見ていると、父は世界人なのだと、つくづくと思ったものでした。

私たちの到着から一日遅れて、もう一人の世界人がケルンに登場しました。

「お嬢、元気か！」

「大きな声で恥ずかしいでしょう。美空ひばりじゃあるまいし！」

大きな図体、大きな声、小田実さんでした。小田さんは、A・A作家会議やべ平連の活動などで

父とは親しく、私とも軽口をたたけるほどに親しかったのです。しゃべりすぎだとか、原稿が長すぎるとか、いろいろ言ってはいましたが、父は小田さんを「大日本流学生第一号」だと言い、同じ世界人としてこよなく愛していたのです。

十年前に、彼の『何でも見てやろう』が出たときには、私や森有正君などは大分サカナにされたものであったが、もはや小田君には、特定の、モノを言うサカナなどは必要がなくなっていて、要するに世界と人間があれば足りるようになっている。

（「小田実『終結のなかの発端』」『文藝』一九六九年八月号）

小田さんからの頼みであれば、父は何でもしました。カンパもする、署名もする、原稿も書く、講演もする、会議にも出る、脱走兵もかくまう、でした。六月二五日、ケルンでの会議は終了。

私は約一週間にわたっての、四十八カ国、二百数十名の作家たちの公式、非公式の発言、談話、会話などを通して、核戦争を賭けての東と西の対立、南と北の貧しき者と富める者との階級対立という、一種の十字架的な現代世界像を心に描かざるをえなかった。

折から会場のつい近くにあるケルン大聖堂からは、荘厳なハーモニイをもった鐘の音が、これもまたほとんど爆発的に鳴り響いていた。

現代の作家たちは、それが真に作家であるならば、東と西、南と北のいずれに属するかを問わず、この十字世界像の、タテとヨコとの軸のところに、その対立の圧力によって圧縮されて存在しているもののようである。

（「ケルン大聖堂の鐘の音に何を聴くか」『歴史の長い影』）

ミュンヘンにてドイツの作家たちとの会合に出席するため、日本の代表団とは別れ、小田さん、伊藤さん、父、母、私は、わが家の車に荷物満載、ギューギュー詰めになりながら、賑やかにドイツを南下していきました。賑やかなという程度の騒ぎではありませんでした。母が運転、助手席は私、後部座席に父、小田さん、伊藤さんの三人が詰め込まれ、小田さんはしゃべりっぱなし、母と私は笑いっぱなし。

「お嬢、こういうおやじさんを持っていると、大変だな」

終いには父に、

「おまえ、うるさい。少し黙っとれ」と怒られていました。

主義主張、能書きの一切ない、本当に楽しい時間でした。

ミュンヘン滞在三日、六月三〇日に小田さんはカルカッタへ、伊藤さんは日本へ、私たちはさらに南下、イタリア・コモ湖畔にて二泊、フランスで二泊して、三週間、約五〇〇〇キロ、もう二度とないであろう家族大旅行を終え、バルセロナに戻りました。

この後、父は八三年、八四年春まで、バルセロナにて定家さん四七歳までを『定家明月記私抄』として書き上げ、次は長篇小説『路上の人』に着手、八五年二月までに四七〇枚を書き下ろしたのでした。

作品『路上の人』は、筆者が一九七七年に居をヨーロッパ――主としてスペイン――に移して以来、キリスト教ヨーロッパというものが、その大いなる形姿を眼前に見せはじめて以来、何年かにわたって構想されて来たものであった。筆者のような異教徒は、何年ヨーロッパに在住していたにしても、要するにヨーロッパの路上の人なのであって、ヨーロッパの人間ではないのであった。

〃カトリック〃とは、公的かつ普遍的宗教なる意であって、従ってその他の信仰はすべて、この公的かつ普遍的宗教からしては、異教なのであった。

ではこの公的かつ普遍的なるものを、最下層の「路上」から上目《うわめ》遣いで見上げるとしたら、どのようなものが見えて来るか、というのが、この作品を書く視点であった。(略)

歴史のその時点を凝視してみると、たしかに国家はいまだ成立していないか、あるいは未成立ではあるにはあったが、しかし、たとえて言えばそこにはすでに先客がいた。

宗教がすなわち、その時点での先客であったのである。

最下層の路上から、この公的かつ普遍的なるものを見上げてみる、それがこの作品であった。この作を書くについて、意図したわけではなかったが、筆者がピレネー山脈に程近いバルセローナ市に居を定めたことは、多くの便宜を得る結果にもなったのであった。

キリスト教ヨーロッパに対する、東方からの一つの異議申し立てのようなことにもなっているかもしれない。

蛇足を二つ。

主人公の名、ヨナ・デ・ロッタ(Jona de Rotta)は、イタリア語で「路上のヨナ」であり、筆者はヨシエ・ホッタであった。

もう一つ、筆者はこの作品を筆者の『ドン・キホーテ』かもしれないと思っている。

(「著者あとがき」『堀田善衛全集8』)

一九八〇年、イォフリウの家に引っ越した時点で、父は定家さんの勉強とともに、『路上の人』の取材を始めていました。

「旅行に出る。佐伯君と。／Gerona〔ヘローナ〕／Perpignan〔ペルピニャン〕／Béziers〔ベジエ〕(略)／Béziers の Ste. Madeleine〔聖マドレーヌ〕教会、Midi 川の崖の上に要塞の上にそびえ立つ。ここで Cathares〔カタリ派〕虐殺されて、惨劇がはじまったのだ。／小生の行くところはどこも惨憺たる歴史のところばかり」(八月四日)

「Mazamet〔マザメ〕の Musée〔(カタリ派)博物館〕を見て、Montagne Noire〔モンターニュ・ノワール〕を縫って走り、Château de Lastours〔ラストゥール城〕にとうとう登山。壮麗な廃墟なり。Carcassonne〔カルカソンヌ〕を抜けてLimoux〔リムー〕-Quillan〔キヤン〕と来て、とうとうMontségur〔モンセギュール〕にいたる。／それは恐怖を呼ぶ。ガス渦巻き……」（八月五日）

「とうとうMontségurにまで登ってしまった！／痔が出なかったことを喜ぶ。／これに登ってしまったことについて、複雑なる感激あり」（八月六日）

この後、何度もフランス・ピレネー山麓に取材に出かけ、イタリアにも行き、資料を読み、『定家明月記私抄』を書き上げた八四年春以降、翌年の二月までに、一気に『路上の人』を書いていったのでした。

この時期、私はバルセロナで三ヵ月ほど過ごしていたのですが、父は黙々と勉強し、本を読み、原稿を書いていました。静かでした。定家さん執筆中は、タイヘン、タイヘンで、表情も厳しく、機嫌も悪いときが多く、周囲は腫れ物に触るようでしたが、『路上の人』の主人公ヨナ・デ・ロッタは父の分身でもあるのです。分身が、筆の進みを後押ししてくれたのでしょう。

ただ、『路上の人』執筆中、父は目がかすむと言い、見えにくくなったと目の異常を訴えていました。『路上の人』一〇章のうち、八章まで書いたところで、八四年一一月、目の検査と『定家明月記私抄　続篇』の取材のために、いったん日本へ戻ったのです。目の検査結果は網膜剝離でした。

『路上の人』九章と一〇章を日本で書き上げ、網膜剝離の手術を経て、定家さん続篇の取材のため、隠岐、京都、吉野に出かけていました。

父はバルセロナに戻って定家さん続篇を書くつもりだったようなのですが、目の状態が安定するまで日本にいたほうがいいということになり、逗子と蓼科の書斎で続篇を書き、結局二年半日本に滞在し、八七年四月にバルセロナに戻ったのでした。が、しかし、二年半の空白は、バルセロナの街を大きく変えたのです。八六年のIOC総会で、九二年のオリンピック開催が決定し、街は騒がしくなり、道路は二重駐車で混雑し、丘の上の父のアパートから港のほうを見下ろすと、スモッグがたなびき、かつてのバルセロナではありませんでした。

二年半の留守、父の年齢も七〇歳を目前にしていました。

「午後一時半、Barcelona帰着。／空港、山下夫妻に迎えられる。／税関で早速杖を忘れた。重慶でもらったものなり。残念。／二年半の留守。いささか失われし時を求めての感あり」(四月一九日)

「〇不思議なものだ。日本で何を書いたらよいかを、まったく思い付いていなかったのに、ここへ来て、途端にMontaigne〔モンテーニュ〕を書く、ときまったことは！」(四月二五日)

「やっと人心地つき、Montaigne を読みはじめる」(五月六日)

「どうも調子がととのわない。何か推進力がない感じなのである。／狩野君〔集英社〕の小説はタイトルとはじめの八行を書いただけで、一〇日もたってしまった。／〇Montaigne を一日に一章ずつゆっくりと読むことにした」(五月一〇日)

「ちくま、一九回目を書く。うまくない。出来がわるい。目と原稿の関係もよくない。／やけになって、George Greenstein "Frozen Star"〔邦訳『パルサー・ブラックホール――時間を凍結する星』〕を読みはじめる。面白い。Neutron Star〔中性子星〕の話なり」(五月一一日)

「何もかも放り出して、"Frozen Star" を読み耽る。／Black Hole p163, 165 など圧巻なり。(略)／実に美しい。現代哲学の最高のものが、おそらくここにあるのだろう。／しかし、日本にいると、こんなものを読む気には到底ならない。何故か?」(五月一四日)

「終日、"Frozen Star" とつきあう。／面白い」(五月一五日)

「読み終わる。最後の Black Hole の érotisme〔エロティシズム〕の話はいただけないが、実に beautiful である」（五月一六日）

「日本を出て、丁度一ヵ月目。落着いたのかどうかまだよくわからぬ」（五月一九日）

「何も出来ない。／アタマと目と心臓と足とがうまく調和して運動しないのだ」（五月二七・二八日）

「すばるの原稿七七枚発送。／ちくまの原稿六枚発送」（六月一九日）

「○外を歩いていて、右の眼はほとんど不要。左の眼だけでの方が安心である。右の眼にはフタをした方がいいかとさえ思う」（六月二二日）

「暑くて何も出来ない。／七月中頃から八月、九月も一七日だというのに、いまだに三〇度近い。こんなことはなかった。「バルセローナにて」三二枚でストップ。このいつまで続くかわからぬ暑さには、腹が立って来る。Smog もまた甚だしい」（九月一七日）

父のバルセロナ滞在中の日記は、九月一七日をもって終わっています。一〇月に入り、父から手紙が来ました。

「定家さんのゲラ、すばるの原稿が終わったら、バルセロナを引き揚げる。年内には帰るつもり。家の支度、頼む」

外国生活というものは、いくら長期間住んでいても、身のうちのどこかで、ある種の緊張感をともなうものだと思うのです。パスポート、居住権、さまざまな心配事があります。年齢を重ねていけば、病気という心配もあります。たとえ語学が堪能であったとしても、自らの国籍を持つ国にいるのとでは、安心感が異なります。父は、身体と頭の働きのバランスが取れなくなってきたことを、はっきりと自覚したのでしょう。

一九七七年五月二一日、横浜港より船で日本を出発、六月二六日にオランダ・ロッテルダム着。以来、何度かの日本への帰国があったものの、一〇年余のヨーロッパでの暮らしと仕事を終え、一九八七年一二月二一日に日本へ戻ってきたのでした。帰国して一〇日後、八八年元旦に父は言いました。

「ヨーロッパ中を車で転げ回っていた一〇年は、私も路上の人であったのだ。ここでは逗子の山上の人だがな。幸いなことに、定家さんがモンテーニュさんを連れて来てくれた。次の仕事はモンテーニュだ」

『堀田善衞全集16』の「著者あとがき」に、父は「〈老〉の熟成」という言葉を記しています。

「小説家としての自己を如何にして救い出し、そこに内部からの〈老〉の熟成を如何にしてとげるべきか……」

恐い言葉です。たやすいことではないはずです。ヨーロッパへの船旅の途次、

「しかし、人生を生き直すなどということは出来ることか。そう長い時間はない、出来なければ出来ないでいい。ただ、つもりだけでも、やってみることが必要だ」

と、自分自身をはげまし、人生を生き直すべく、〈老〉の熟成へ向けての第一歩を踏み出したのでしょう。そして、『定家明月記私抄』では、定家卿の生涯に寄り添い、原稿を書き進めるうちに、少しずつ定家卿の年齢に、自らの年齢が近付いていくことを嬉しく思い、『路上の人』では、主人公ヨナ・デ・ロッタを自らの分身かもしれないとして、路上で自由に語り、自由に沈黙したのでした。

一九八七年一二月、父の一〇年余にわたるヨーロッパ路上の旅は終わりました。死の影に包まれた不毛な未来を払拭し、〈老〉の熟成、内面的な若がえり、精神の自由を両手に携えて……？

半ばお別れ

六月末に、小田実君に誘われて、あるいは唆《そそのか》されて、〃日独文学者の出会い〃というシンポジウムに参加するために広島へ行って来た。この会合については、別に記録が出されるようだから、触れないことにする。

ところでこの会合で、久方ぶりに——二十年くらいは間があいていたか——水上勉氏に出会った。同じく出席者であった中野孝次氏もまじえて、三人で雑談をしていた。その途次、水上氏がふと、

「ぼくは大正八年生れで、もう七十歳だ」

と言った。

私は驚いた。驚いたと言う以上に、それは一種のショックでさえあった。私自身、来たる七月十七日に七十歳の誕生日を迎えるについて、意識、無意識の双方の境界で、おそらく七十歳という、人生の一つの期を迎えるための、心の用意のようなものをしていたせいであろう。不意を衝かれるとはこういうことを言うのであろうか。途端に私は、

「僕が大正七年、一九一八年生れで、まだ七十歳にはなっていないのに、大正八年生れの君が、もう七十歳とは何の事だ？」

と思わず叫ぶように言ってしまった。

中野氏が割って入って来てくれて、

「水上さんは数え年で勘定しているんでしょう」

と私をなだめてくれた。

私は、言うまでもなく、それで納得をすることにした。

しかし年齢というものには、深いところで人の神経を逆撫でるようなものがあるらしいのである。

私は中村真一郎君とも同年齢である。

いつの頃であったか、中村君が、

「君は何月生れだ?」

と訊いたので、七月だ、と答えると、

「じゃ、おれの方が先輩だ、おれは三月生れだから」

と中村君が言い、その時も私は何がなし、ムッとした。三月と七月で何が先輩だ、と。

これはこれだけの話である。まったく他意はない。(略)

憮然として七十歳。

人は古稀などと言うが、何が古稀なものか。漢詩でも書くか。

(「憮然として七十歳」『誰も不思議に思わない』筑摩書房)

父は六〇歳の誕生日をスペイン・アンドリンで迎え、スペインで暮らし、仕事をし、そして一〇年。日本に戻り、七〇歳を迎えました。一九八八年三月に『定家明月記私抄　続篇』が出版されたのですが、父は何やらげっそりとして、まったく元気がありませんでした。母は心配します。集英社の担当編集者・狩野伸洋氏に相談をしています。

「何とか立ち上がらせる方法はないものかしら。次の仕事を何か勧めてくれない?」

狩野さんは、父に話を向けます。

「次か? まあ、この三人を考えているけどな。モンテーニュ、モンテスキュー、ロシュフーコーだ。モンテスキューは法学者でもあるから、法学は好きじゃない」

狩野さんは父を持ち上げ、モンテーニュさんへと引っ張り込んでくれたのでした。父七〇歳、「漢詩でも書くか」と書いていますが、モンテーニュさんに向けて、ラテン語の勉強を始めたのです。

Aún aprendo.

おれはまだ学ぶぞ。

ゴヤさん、七九歳のときの言葉です。父は七〇歳、まだ学ぶ時間が残されています。

「ラテン語をきちんとわかる人が周りにいない。不便だ」

ラテン語の勉強と並行して、父は八八年『すばる』一一月号から『ミシェル　城館の人』の連載を始めました。母は聞きます。

「モンテーニュさん、いくつで死ぬの?」

父は答えます。

「五九歳だ」

ゴヤさん、八二歳。定家さん、八〇歳。モンテーニュさん、五九歳。

母は、長生きの主人公には、もうこりごりなのです。

『すばる』一九八八年一一月号〜九〇年六月号に「ミシェル　城館の人　＊　争乱の時代」二〇回の連載。九一年一月、単行本刊行。一九九〇年七月号〜九二年三月号に「ミシェル　城館の人　＊＊　自然　理性　運命」二二回の連載。九二年四月、単行本刊行。一九九二年四月号〜九三年一〇月号に「ミシェル　城館の人　＊＊＊　精神の祝祭」一九回の連載。九四年一月、単行本刊行。

六〇回、六年にわたる連載、休載は一回もありませんでした。

父はモンテーニュさんを連載するにあたり、書斎の机を新調しました。半円形、真ん中を椅子が入るようにくりぬいた、大きな机です。ゴヤさんを連載中、資料や本が山積みとなり、机を継ぎ足し、継ぎ足しで仕事をしていて不便をかこっていたので、この机なら原稿用紙を真ん中にして、左右に資料や本を広げておけるのです。オーダーした机が書斎に運ばれてきたときに、父は言います。

「こりゃ、大きすぎる。まだ、これで仕事をしなければならんのか。エライことだ」

しかし、満足そうでした。

半円の中心に原稿用紙、右側に万年筆、赤鉛筆、ボールペン、インク、煙草、ライター、灰皿、付箋、バンドエイド、頭痛薬。中央に書見台二台、カバの置物一匹、フクロウの置物三羽、左側に英語、フランス語、ラテン語の辞書、フランス語の原書が三冊ほど、資料用のコピーの山、新聞の切り抜きの山。左右から原稿用紙に向かって電気スタンドが二台。足下には電気カーペット。椅子の右横に大型ゴミ箱。半円形の机の右側に横付けした小型のテーブルに予備の書見台と、書き損じの原稿用紙の束。背中側に大きな本棚。仕事中の資料のみを置きます。大きすぎるどころか、すぐに机の上に空きはなくなっていきました。

父の仕事の必需品は万年筆と原稿用紙です。父は筆圧が強いのです。トントンと音がするほどに力を入れて書きます。したがって、万年筆は消耗品なのです。どこそこの、何でなければならぬということはありませんでした。書きやすい、それが一番だったようです。晩年は、ラミーというドイツ製の万年筆を使っていました。父が亡くなった後、書斎の隅から大量の使い切った万年筆が出てきました。捨てられなかったのでしょう。

原稿用紙は、長年岩波書店の原稿用紙を使ってきました。たぶん、『インドで考えたこと』の執筆時からだと思います。晩年、岩波であまり仕事をしなくなってからは、いくらなんでも原稿用紙だけもらうわけにはいかないと、まったく同じものを印刷所に頼んで、作ってもらっていました。万年筆と原稿用紙、父の戦友です。

毎夜、父は午後一一時過ぎに、お茶の道具一式を入れた小さな岡持を持って、書斎へ出勤します。

仕事中、足りないものがない限り、誰も書斎には入りません。お茶も自分で入れます。ちなみに茶葉は玉露と決まっていました。椅子に座り、まずバンドエイドを人指し指と中指に貼ります。これはペンだこが痛くなるからです。そして、頭痛薬を一錠飲みます。これは気休めです。そして、ここから先、何をしているのかは不明です。誰も見たことがありませんので……。

モンテーニュさんに戻ります。私は少し不思議に思っているのです。かつて、父がモンテーニュさんのことを書いた著作がないのです。小説『時間』(一九五五年)では少し出てきますが、エッセイ、書評すらないのです。私が気がつかないだけで、どこかで書いているのかもしれませんが……。鴨長明さんや、ゴヤさん、定家さんについては、エッセイ、評論問わず、繰り返し書いてきました。モンテーニュさんは、一体いつから父の頭の中の塔に籠もっていったのでしょうか。

確かに、一九八七年四月、日本で『定家明月記私抄　続篇』を書き終えて、バルセロナへ戻ってきて、日記には、「ここへ来て、途端にMontaigne〔モンテーニュ〕を書く、ときまった」と記していいます。若き日のヨーロッパへの憧憬。戦中、上海、戦後の日本で考えたこととその経験。アジアや第三世界で考えたこととその経験。そしてようやく鴨長明「方丈記」にたどり着き、ヨーロッパ近世・争乱の時代の「ゴヤ」と付き合い、藤原定家卿に寄り添い、時間と空間という大きな壁を乗り越えつつ、仕事を続けてきたのだと思います。

一六世紀を生きたモンテーニュさんは、父の表現者としての新たなスタートなのでしょうか。父の戦中、戦後は、モンテーニュさんを書き始めることで、やっと終わったということなのでしょうか。父のモンテーニュさんは、「ミシェル」、「われわれのミシェル」と、親しみをこめて呼ばれ、優しく語りかけてくれているように思います。『ミシェル　城館の人』は、『方丈記私記』や『ゴヤ』の文章と比べて、語気が少しだけおだやかで、ゆったりとしているような気がするのは、私の思い過ごしなのでしょうか。

一九八九年一月、『誰も不思議に思わない』（筑摩書房）が刊行されました。『ちくま』に八六年一月号から、三年間、三六回連載された同時代評です。その後、この連載は、『時空の端ッコ』『未来からの挨拶』『空の空なればこそ』『天上大風』と、父が亡くなるまで続けられました。

毎月、四〇〇字詰めで六、七枚の原稿を書くにあたっては、決してスラスラと書いていたわけではなかったと思います。あるときは、ネタがない、ネタがないと言い、新聞をひっくり返し、雑誌を開き、うろうろとネタとなるべき何かを探し、再びない、ないと騒ぎ、おでこをぴたぴたと打ちつつ書斎へと消えていったこともしばしばでした。

私は、このエッセイ集が好きです。読みやすいといえばそれまでですが、父の筆の運びが軽くなっているような気がするのです。自然体で、「書く」ということを愉しんでいるように思うのです。父が老後に、こういう仕事をすることができたことを心から嬉しく思います。

「簡単に書いていると思うなよ。結構大変なんだぞ」と言われそうですが、エッセイを書く愉しさを知っていればこその、一二年半の連載だったのでしょう。

一九九二年一月、朝日新聞社より、『冷泉家時雨亭叢書』の月報への原稿依頼がありました。全六〇巻の予定です。隔月刊、完結まで一〇年はかかる仕事です。父は引き受けました。母は呆れました。

「完結まで一〇年かかるのよ、それまで生きてられるの?」

「大丈夫だろう。古典を勉強するのは楽しいからな」

と、父は言います。九二年一二月から九八年六月まで、三一回にわたって連載されたのです。父の古典文学回想というものでしょうか。『ちくま』への連載は、結果的に一二年半という長さになったものでしたが、『冷泉家時雨亭叢書』は初めから一〇年という長さが決まっていました。父、息の長い人だとつくづく思います。

この連載は、父の没後、九九年六月、『故園風來抄』として、集英社から刊行されました。未完に終わった、父最後の文章「一言芳談抄」も収録されています。

ひさかたの　光のどけき　春の日に
しづ心なく　花の散るらむ

この歌一つが古今集を代表するものではもとよりないであろうが、私にとって古今集全歌一千百十一首中、もっともなじみの深い歌であった。

この一首の歌をめぐって、やはり様々な思い出があった。

私は幼時を北国の廻船問屋で過したのであったが、家の庭には大きな池があり、そこに羽を切ったつがいの丹頂鶴が飼われていたものであった。雌鳥は千、雄鳥は萬、という名がつけられていた。千萬無量の千と萬であった。そしてこの池の向こう岸の奥に桜の巨木があって、満開の時には空一面が桜花で蔽われ、池水にその花が映り、その花のさ中に、千と萬との二羽の鶴が、ある時には佇《ちょ》立《りつ》し、またある時には、翔《と》べぬ羽を一杯にひろげて羽搏《はばた》いていたものであった。

そして、花が散りはじめて、それが花吹雪となった時に、その二羽の鶴が羽搏くと、花吹雪は渦を巻いてあたかも花の渦の中にいるかの感をもたせたものであった。廻船問屋であったから、一族郎党には船頭や水夫など百人ちかい人数がいて、それらの人々が春の花の宴を池畔で催していて、まだ若かった私の母が、この歌、

ひさかたの　光のどけき　春の日に
　しづ心なく　花の散るらむ

を朗誦しながら、色鮮やかな扇を手にして仕舞のような舞を静かに舞っていたものであった。

従って幼時から私にとって古今集とは、この一首の歌に収斂されていたのであった。

（「ひさかたの……」『故園風來抄』集英社）

父としては珍しく、抒情的かつ美しい文章で、一幅の日本画を見ているようです。いや、あえて一幅の絵を描いてみたのでしょう。千と萬、そして若き日の祖母の姿が目に浮かびます。

「時代の風音が聞こえる」と題し、『エスクァイア日本版』誌にて、司馬遼太郎氏、宮崎駿氏との鼎談が行われたのは、一九九一年三月のことでした。翌九二年三月にも、大阪にて「〝20世紀人類〟への処方箋」と題して鼎談が行われました。この鼎談は、スタジオジブリ、宮崎駿監督たっての願いでもあり、九二年一一月、『時代の風音』(ユー・ピー・ユー)として単行本が刊行され、今は朝日文庫に入っています。父とジブリさんとのお付き合いは、八六年に、父がスペインから一時帰国しているときに、鈴木敏夫プロデューサーの依頼で「アニメーションを作る人々へ」という原稿を書いたことから始まったのです。

父は喜んでいました。「ゴヤ」の連載以降、父は仕事を減らしていました。となると、お付き合いする出版社は限られてきます。父の世間は狭くなっていったのです。当然、担当編集者はいつも同じ方です。外に出ることの少なくなった晩年の父には、おいでになる編集者の方々から、面白い話を聞く、今どきの世間の話を聞くということが、ある種の情報収集でもあり、楽しみでもあったのです。

毎年、お正月を過ぎたころ、宮崎駿監督と鈴木プロデューサーは、父を訪ねていらっしゃいました。私は居合わせたことはなかったのですが、後に父は言いました。

「鈴木さんは面白いよ。編集者でもあるんだろうけど、文芸誌の編集者とは違って、とんでもないことを言う。『路上の人』の映画化権、あげちゃったよ」

「宮崎さんは『方丈記私記』が好きらしい。エライ人だ。仕事師だ。ああいう人がちゃんと絵を描いたら、いい絵が出来るぞ」

宮崎監督について、私がこのようなことを書くのは失礼千万な話なのですが、正真正銘父の言葉です。ご了承くださいませ。

余談です。二〇〇八年、父の没後一〇年ということで、神奈川近代文学館より展覧会の開催要請がきました。私は考えたのです。当たり前の文学展では、戦後派の作家の展覧会など人が入るわけがない。人の入らない展覧会などやらないほうがまし、と思いました。どうしたものか……?

文学館の方に、ジブリさんに何か協力を願えないかと聞かれ、「そうだ、ジブリさんへ行こう」と思ったのです。そして鈴木プロデューサーにご相談申し上げました。その後、文学館にすーっと一枚のFAXが届きました。「堀田善衞展」と一行だけ……。この書が、展覧会、図録、すべてに使われたのです。展覧会直前まで、私は父の字を複写したものだとばかり思っていました。そっくりでしたから。なんと鈴木プロデューサーの書だったのです。プロデューサーの仕事とは、こういうところから始めるものなのかと、つくづくと感心いたしました。

一九九三年五月、筑摩書房より『堀田善衞全集』全一六巻の刊行が開始されました。『堀田善衞全集』一六巻には、四〇〇字詰原稿用紙にして、三万二〇〇〇枚分の文章が収められているそうです。父にとって二度目の全集です。

読者諸姉諸兄
私は戦時中に、自分はもう死んでしまったのだ、ここにいるのはおれではない、だから銃弾で殺されても、死ぬのはおれではない、と考えていたことがありました。

この若きむくろには未だ夜の中で
ただ一つ熱いものを浪費して
絶望を燃やし焚きつくす義務がある

と、詩の一つに書きつけたことがありました。
それから驚くべきことに五十年、詩を書き、評論を書き、小説を書きして、〃絶望を燃やし焚きつくす義務〃を果して来たつもりですが、それがこの全集です。義務は果せましたでしょうか。
（第二次『堀田善衞全集』内容見本より）

七四年、第一次全集の発刊が決まったとき、父は乗り気ではありませんでした。

「全集なんて、死んでから出るものだ。毎月毎月、昔のお化けが出て来るなんて気色が悪い」と言い、渋っていたのです。

「全集は君のためのものではない。読者のためのものなのだ」と、中村真一郎氏に説得をされました。

中村先生は同い年、父の刎頸《ふんけい》の友です。そして同業者です。父は同業者の助言には従うのです。第二次の全集発刊の際は、母と私を前にして言いました。

「生きているうちに二度も全集を出してもらえるとは、幸せな文士稼業だった」

九四年一〇月一八日、父は「堀田善衞全集完結の会」を催しました。父、かつて出版記念パーティなるものをしたことがありませんでした。父の著作にかかわってくださった方々へのお礼の意味もありました。父の挨拶です。

皆さん、お忙しいところお出でいただきまして本当にありがとうございました。心からお礼を申し上げます。

これで全集は二回目ですけれども、三回目などということは有り得ないことなので、お世話になった方々、若き日、古き良き日の編集者の方々、それから月報に書いて下さった方々……とくに月報に書いて下さった方は三五人いらっしゃるそうですけど、そのうち一三人の方には全然お目にかかったこともございませんので、こういう会を開いて、ご挨拶したいと思いました。

中村真一郎氏、木下順二氏、加藤周一氏にご挨拶をしていただき、中村夫人・佐岐えりぬさんが、父三五歳のときに書いた詩「Nel mezzo della nostra vita……」を朗読してくださいました。そして父は古き良き時代の編集者、お一人お一人に言葉を尽くしていました。

笹原金次郎氏について。「私は『広場の孤独』という小説の前半を『人間』という雑誌に発表したのですけれども、『人間』はつぶれてしまいまして……。笹原さんはそのころ、中央公論社におられたのですけど、それを救い出して下さいまして、『中央公論文芸特集』に全編を載せていただきました。それがまあ作家としての私の始まりのようなものでありましたから、笹原さん、ありがとうございました」

——ともに広場をさまよいし日の記念に——

『広場の孤独』初版本の見返しに、父が笹原さんに贈った言葉です。

古山登氏について。「当時改造社におられた古山登さんには、『改造』という雑誌に「暗礁の世代」というものを書かせていただきました。これはつまり、我々は戦争を経験して、日本の国が変な風に曲がっていくようなことがあったら、そのときは、日本という国を、我々は海底の暗礁となって、ぶっつぶしてやるぞ、ということを書いたものです。古山さん、ありがとうございました」

古山さんの兄上、古山高麗雄氏にも父はお世話になったのです。『芸術生活』という雑誌で『美しきもの見し人は』という美術エッセイを書かせていただいたのでした。

海老原光義氏について。「『世界』におられた海老原さんには、『審判』という長いものを安保闘争の最中に書かせていただきました。ほんとにありがとうございました。この『審判』は、あそこにおいてありますけれども、津久井さんという方が英訳して下さいまして、関西の大学から出版されましたけれども、この津久井さんも英訳に一五年くらいかけられました」

海老原さんは、当時『世界』の編集長だったのでしょうか。安江良介氏とともに、毎月のようにいらしていたことを覚えています。

新田敞《ひろし》氏について。「新潮社でいえば新田さん。この新田さんには、私や三島〔由紀夫〕君は限りなく世話になったわけですが、新田さんはご病気になられまして、現在リハビリ中とのことで、残念ですがここで直接お礼を申すことはできませんでした」

新田さん、父が講談社の『群像』に書いた『鬼無鬼島』を新潮社にさらっていった張本人です。以来、父の作品は、他社の雑誌への連載であっても、単行本の出版は新潮社というパターンを作ってしまったのです。文学的かつ合理的な方でした。母は新田さんに出版マネージメントのイロハを教えてもらったのです。「鬼の新田」と言われた新田さんの教え子です。

なつかしい方々が次々に登場されます。この機会に、私もよく存じ上げている、父を支えてくださった方々のお名前も列記させていただき、父とともに感謝申し上げたいと思います。

京谷秀夫氏、橋本進氏(中央公論社)。田辺孝治氏、宮辺尚氏、栗原正哉氏(新潮社)。池孝晃氏、狩野伸洋氏、船曳由美氏、八代有子氏(集英社)。和田俊氏、矢野純一氏、井上日雄氏、森忠彦氏(朝日新聞社)。山本進氏(毎日新聞社)。原田奈翁雄氏、森本政彦氏、柏原成光氏、岸宣夫氏(筑摩書房)。柄澤齊氏(木口木版画家・全集装画)。廣瀬義男氏(『ミシェル　城館の人』装画)。栗原幸夫氏(第一次全集編集)。

父の挨拶は続きます。

とにかく五〇年、いろいろのことをやってきまして、全集などというものができ、前に書いたものが、とんでもないものじゃないかと心配しましたが、読んでみてあまりそういうこともなくて……ちゃんとしたものを書いているじゃないか、と。

こうして五〇年やってこれましたのも、どんなイデオロギーでもなくって、今考えてみますれば、詩的精神とでもいいますかね、レスプリ・ポエティック、詩的精神というものが、人間、あるいは文学の根幹にあれば、時代の変化というものを恐れることはないと思っています。

そろそろ締めくくりますが、スペインをゴロゴロと歩き回っておりまして、ゴヤの生まれた近くにサラゴッサという町があり、そこでスペインを回る旅も終わるような日程になっていました。サラゴッサというのは、ZARAGOZAと書くんですね。私は狂歌のようなものを時々作りまして、さてそこにたどり着いた時に作ったのが、「旅の終りのサラゴッサ、Zが二つもありにけり」。

私、現在七六歳で、まだZまでは行ってないだろうと思ってますけれども、まあ「旅の終りのサラゴッサ　Zが二つもありにけり」というところに近づいているんだろうと思うのですね。私も中村君も、加藤君もそうだと思いますけど、来年七七歳になるんですね。それで私、ひょっと昔のテレヴィジョン・ドラマを思い出しまして……

セヴンティセヴン、サンセット・ストリップ……。

来年になれば、そろそろサンセット・ストリップ、日の暮れかえるのを待つことになるでしょう。

今日は皆さん、ありがとうございました。

この会においでになれなかった方で、父が挨拶をしたかった方がお二方いらっしゃいます。安江良介氏。岩波書店の『世界』編集部に入り、後に編集長、社長になられた方です。安江さんは、岩波への入社三日目に、父のところへいらしたのでした。私、小学校一年でしたが覚えているのです。安江さん、学生服でした。父はまだ起きたばかり。安江さんが取りにいらした座談会のゲラにはまだ目を通していず、待っていただいている間、私と一緒に公園に散歩にいったのです。『審判』の連載のときも、毎月のようにいらしてました。安江さんは石川県金沢市の出身でした。父も金沢で暮らしていたことがありますから、親近感もあったのでしょう。

岡富久子氏。父は『堀田善衛全集4』の「著者あとがき」で書いています。

さるむかし、文藝春秋に岡富久子さんという編集者がいた。津田塾を出て一九四七年(昭和二十

二年）に文藝春秋に入社した人であった。（略）
この女性編集者は、——以下、岡君と呼ばせてもらうこととしたい。——戦後の文学世界にあって、いわゆる第三の世代と呼ばれた人々の文学を世に紹介するにあたって、大いに功績のある人であった。水上勉氏の『雁の寺』などを引き出すについても力のあった人でもあった。
この岡君と筆者は、編集者と作家という関係よりは、お互い友人として親しく付き合っていたものであった。（略）
この岡君が亡くなり、遺著の刊行を記念して彼女をしのぶパーティが催されたとき、筆者は何を措いてもという心持で出席したのであったが、入院中の水上勉氏からの懇篤なメッセージが寄せられただけで、若き日に彼女に世話になった筈の文士たちの誰一人もが出席していなかった。出て来たのは筆者と、いいだもも君の二人だけであった。日本の文士の道義もまた、まったく地に墜ちたもの、と筆者は思ったものであった。

私も覚えているのです。まだ文藝春秋社が銀座にあったころ、文春のビルの地下の部屋で、父と一緒に岡さんにお会いしたことを……。私のコートのポケットにそっとチョコレートを入れてくれたことを……。岡さんは覚えていたのです。父は銀座に出ると、私への土産に必ずハーシーのチョコレートを買っていくことを……。
「彼女に世話になったものは大勢いる。彼女に世に出してもらったものも大勢いる。それなのに、何だ、誰も来ていない。恩知らずな奴らだ」と、父は本気で憤慨していました。

各社の編集者の方々は、父にとって大切な仕事のパートナーでした。「全集完結の会」は、お世話になった編集者の方々への、ささやかなお礼の会でもあったのです。

「作品の善し悪しは、編集者の善し悪しで半分方決まる！　大事だ」

父の極秘内輪話です。

このころ、母と私、何がきっかけだったのか、いつのまにか、父を「先生」と呼ぶようになっていました。作家としての「先生」ではもちろんありません。

「先生、ご飯」

「先生、お風呂」

「先生、掃除するからどいてください」

父、母、私、お互い年をとってきて、どうにも呼びようがなくなってしまっていたのです。「先生」と呼んでも、父は格別イヤではなかったようで、「先生、ご飯ですよ」と呼びかければ、「オーッ、今行く」と返事をしていました。

先生、文句言いでもなく、気難しいわけでもなく、コツさえつかめば扱いやすい家庭人です。ただし、病気になると人格が変わります。体温が三七度を超えると重病なのです。食事はお粥と梅干しが定番、もちろん寝室へ運ばせます。頭の下に水枕、おでこの上には氷嚢です。熱が三六度以下に下がったとしても、最低一週間はこの状態が続きます。

一度ものすごく怒鳴られたことがありました。先生の寝室、隣が風呂場とトイレなのです。私は寝室を素通りしてトイレに入り、そのまま居間に戻ってしまったのです。

「部屋の前を通って、なんでのぞきに来ない！」

病気(?)のときは、おちおちトイレにも入れなくなってしまいました。

一九九五年一月、先生は朝日賞を受賞しました。そして三月には『ミシェル 城館の人』で和辻哲郎文化賞も受賞しました。しかし、先生はまったく元気がありません。依頼された原稿も、ほとんど断ってしまい、日がな一日、ソファに横になって新聞とテレビ観戦です。毎晩書斎には出勤していましたが……。

四月に入り、庭の桜が咲き始めました。母は言います。

「恒例の花見の会、今年はやめましょうか」

逗子の家の庭の真ん中に染井吉野の古木が一本、周囲の崖には山桜が七、八本あります。春は桜の花で家が埋まるようになります。毎年、花の見ごろを見計らって、花見の会を催していました。

「いや、大丈夫だ。やりましょう」と、先生は言います。

このお花見、先生、年に一度の大サービスデーなのです。書斎を開放し、ギターを爪弾き、熱弁をふるい、ワインをつぎます。終始ご機嫌です。お世話になっている各社の編集の方々、同じ逗子にお住まいの林京子先生、その時々のゲストの方々、そして一〇人ほどの団体さんがいらしてました。この団体さん、わが家では「集英社の若者たち」と称していました。

出版社には編集者だけが属しているわけではないのです。営業部もあり、宣伝部もあり、販売部もあるのです。編集を志して出版社に入ったにもかかわらず、編集以外の部署に配属され、一度も本物の作家を見たことも、話したこともないという社員の方もいるのです。九一年から九二年にかけて、『青春と読書』誌に連載された「さて、何から話しましょうか」という父の語りによる回想へは、毎回何人もの社員の方が聴講に来ていました。

このときの聴講生が「集英社の若者たち」なのです。先生、若者たちのとんでもない質問にも機嫌良く答え、若者たちも、先生の話を熱心に聞いていました。先生の話を聞いて、新婚旅行でスペインへ行った方もいたのです。この後、先生の単行本が刊行されると、なぜか、出版広告が回を追うごとに大きくなっていったのです。先生、花見の会で復活したようです。少し元気になりました。『すばる』六月号に原稿を書いています。


バルセローナで暮していて、拙作の書き下し『路上の人』を書いていたとき、日本やパリから私どもを訪ねて来た人たちが、異口同音に私に呈された質問が一つあった。その質問は、

——こんなところで今度は何を書いているのか。

というものであった。

今度はというのは、それ以前に、私がバルセローナで歌人藤原定家の日記『明月記』を読み、そ

れに註して鎌倉時代初期の政治と芸術の在り様について書いていたからであった。そのときも、訪ねて来た人々は、異国の地バルセローナで、平安朝末期鎌倉時代初期の歌人などにとりついていることに、ほとんどが呆れたといった表情で私を見ていたものであった。

しかし、それらのことは私には別して気にならなかった。平安朝末期などというものは、現代のわれわれから見て、まず外国である、と思っていたからであった。それからもう一つ、定家の日記『明月記』が漢文で書かれたものであり、しかもその和歌は、これはもう完全な倭語であり、定家がいわば二重言語で生きていたことを証するものであった。

してみれば、バルセローナのアパートの外へ一歩出れば、カタラン語かカスティーリア語以外のものが存在せず、私もまた二重言語での生活者であらねばならず、定家の繊細きわまりない倭語による和歌と、かなりに荒っぽい漢文による日記との、その二重言語性があまり気にならないのであった。

かくて、『定家明月記私抄』(新潮社)を書き上げてしまうと、二重言語性が気にならないということ以上に、歴史というものの重層性が見えて来た気がして来たのであった。十三世紀の日本における宗教改革、すなわち法然、親鸞、日蓮などによる宗教改革と、十六世紀西欧の宗教改革が重なったものに思われて来たのであった。(略)

もう一つ、私は一九六〇年に『海鳴りの底から』(朝日文芸文庫)と題された長篇を書いていて、それはわが国での島原の乱と称された、キリシタン教徒の反乱とその潰滅の様相を描いたものであった。されば、『路上の人』を執筆していたときに、いま何を書いているかとの問いに対しては、

――島原の乱の西洋版を書いている。
と素直に答えることが出来たのであった。
『海鳴りの底から』は、われわれの国においてあまりにも早くキリスト教を受け入れて弾圧された人々への悼辞でもあった。（略）
作家にとって、一つの作品は、次なる作品を導き出す作用をしてくれるものなのであった。『ゴヤ』が西欧の文明文化が私に与えてくれたものに対しての、一種の恩返しのようなものであったとすれば、『路上の人』は、その西欧に対する異議申し立てのようなものであったかもしれないのであった。
かくて次に来るものは、『ミシェル　城館の人』（集英社）であった。（略）
『路上の人』後半の主な舞台となったピレネー山脈やトゥルーズ、モンセギュールの山巓城塞などを調べて歩くにも、車は必須の道具であった。ボルドオへもしばしば通った。
ミシェル・ド・モンテーニュの城館はボルドオの東、六〇キロ足らずのところにあり、何度か足を運んだものであった。（略）
ところで、ここらでミシェル・ド・モンテーニュ氏の著作である『エセー』に入って行かねばならぬのではあろうけれども、自著について語ることはまことに気の重いことであり、筆も渋るのであったが仕方はない。
旧約聖書に『伝道の書』という章があり、これを私は中学生の頃から愛読していたのであった。そしてモンテーニュ氏にとっても、聖書の中でもっとも重要視していたと受けとられるものであった。彼は『エセー』のなかで、キリスト、とは一言も書いていなかった。（略）『ミシェル　城館の人』三巻を書いて、私としては生涯の負荷を払ったかたちであるが、さてこれからの残された時間に何を為すべきであるか。日暮れて道なお遠し。

（『路上の人』から『ミシェル　城館の人』まで、それから……」）

このエッセイ、あまりに長くなるので略して引用しましたが、自作について、このようにまとめて振り返ることは、かつてなかったことです。

「『ミシェル　城館の人』三巻を書いて、私としては生涯の負荷を払ったかたち」

この文章を読んで、私はなにがしかホッとしているのです。戦中、戦後と、先生が背負ってきたものを、階段を一歩ずつ上がっていくようにして書き終え、生涯の負荷を払ったと……。最後に、小さく、そっと書き記していることで、先生の精神が解き放たれたような気がしてなりません。

七月、先生七七歳、喜寿となりました。憮然として七七歳、とは言いませんでしたが……。

夏が過ぎ、先生は植木屋を呼び、庭に紅梅の木を植えました。毎朝、朝食をとり、新聞を読むために座る椅子から見える位置に、です。先生、足が弱ってきていたのです。正月が過ぎると、毎日、先生の紅梅見物は続きます。黙って見つめている日もあれば、蕾がついた、蕾がふくらんだ、赤くなったと、一言、二言つぶやいている日もありました。

ある日、一輪咲いた、色がいいと、満面の笑みを浮かべてつぶやき、母に抹茶を点ててもらっていました。日々ふくらんでいく蕾、一輪、また一輪と咲いていく花を静かに見つめていました。

私は自分で長い時日を費した仕事が終って、次のそれにかかりはじめる中間の時に、しっかりした史書を読む、あるいは楽しむことを自分に課して来たものであった。

今回のそれは、イギリスの史家、Eric Hobsbaum 氏の"Age of Extremes, The Short Twentieth Century"なる六二七頁もある浩瀚な書であった。『極端なる時代、短かかりし二十世紀』とでも訳すべきであろうか。要するに二十世紀現代史なのであった。(略)

ここでの〃短かかりし二十世紀〃とは、第一次大戦開始の一九一四年から、ソ連邦崩壊の一九九一年までを指すものであったが、私自身、個人的にこの世紀を思い出してみると、私の生れた年(一九一八年)の、私の家をも巻き込んでの米騒動、シベリア出兵、五歳の時の関東大震災、昭和初期の大不況、満州事変、支那事変、太平洋戦争、空襲、敗戦、中国革命、朝鮮戦争、ヴェトナム戦争、高度成長、そして現今のバブル崩壊などと経て来て、この七月で私は七十七歳になる。(略)

かつての戦争では、私自身、中学生のときの同級生の半分をこの戦争で失わなければならなかったが、彼等のことを思うと、いまでも胸が痛むのであって、それが五十数年も前のことであったとは到底思えないのである。時間だけが盲滅法に早くたって行ったとしか思えないのであった。〃短かかりし二十世紀〃であった。

(「極端なる世紀」『空の空なればこそ』筑摩書房)

一九九六年、『すばる』一月号より九七年一一月号までの二三回、『ラ・ロシュフーコー公爵傳説』の連載を始めました。九五年三月、「朝日賞受賞記念の集い」で、大江健三郎氏と対話をしています。その中で、先生は言っています。

「モンテーニュは精神のバランスがとれた人だが、彼の五十年あとのモラリストになると、かげりが見える。このズレがなぜ出てくるかという疑問を解きたい」

一六世紀のモンテーニュさん、そして一七世紀のフーコーさんです。人間への観察記録としての『エセー』や『マキシム』を読むことで、そして書くことで、歴史の現在を経験し、その疑問を解明していったのでしょうか。フーコーさん連載中の先生の体調はあまり芳しくはなく、それでも連載は滞ることなく続けられていきました。「冷泉家」の月報と、毎月の『ちくま』のエッセイ、それ以外の仕事はほとんど断っていました。

このころ、朝日新聞社学芸部がしばしば原稿依頼をしてきていました。先生は言います。

「新聞の二〇〇万読者に対して原稿を書くにはエネルギーがいる。そのエネルギーが、もうない！」

一九九七年一二月二五日、中村真一郎氏が亡くなりました。

梅崎春生　一九六五年七月一九日逝去。
椎名麟三　一九七三年三月二八日逝去。

武田泰淳　一九七六年一〇月五日逝去。
野間　宏　一九九一年一月二日逝去。
埴谷雄高　一九九七年二月一九日逝去。

あさって会という会を作り、時々皆で会い、話し、議論し、飲んで遊んだ、大切なお仲間でした。先生、一人残されてしまいました。梅崎春生氏が亡くなられたとき、パリに滞在していた先生のもとに、埴谷雄高氏の手紙が送られてきました。

「梅崎君は、われわれのなかでの最初の出発者として先行して行った」という一節が、いつまでも脳裏を離れないと、先生は言います。

八〇歳を目前にしての親しき友の死。先生は言葉を失っていました。

一九九八年一月、『空の空なればこそ』(筑摩書房)が刊行されました。『ちくま』へのエッセイ、四冊目の単行本です。二二日、宮崎駿、鈴木敏夫氏来訪。二七日、『ちくま』原稿六枚。『青春と読書』インタビュー。

二月三日、『毎日新聞』インタビュー。二五日、『ちくま』原稿六枚。

三月三日、『北海道新聞』インタビュー。一九日、芸術院賞受賞の知らせが入りました。母も私も、そして知っている方の誰もが、当然先生は断るだろうと思っていたのです。同じ日に、元文化庁長官三浦朱門氏からの電話があり、受けてほしいとのたっての頼みでした。「同業者の頼みは断れない」。先生は受諾しました。二五日、『ちくま』原稿七枚。四月。『ラ・ロシュフーコー公爵傳説』単行本刊行（集英社）。七日、花見の会。二七日深夜、自宅居間にて転倒。

五月二〇日、『冷泉家時雨亭叢書』月報四枚執筆。二一日、脳梗塞にて倒れる。入院。

七月一七日、八〇歳誕生日。

九月五日、逝去。七日、通夜（自宅にて）。八日、告別式。

一〇月一四日、「堀田善衞別れの会」。


『エセー』中にあるものは〈自然の諸法則〉に即したものとして、彼が真に生きて、経験されて来た人間的英知であった。

彼はまた、テニスのボールのやり取りの例を引いて、（洒落《しゃれ》たことをしたものだ。）

〈言葉は、半分は話し手に、半分は聞き手に属する。〉

と言ってくれているのであったから、われわれ読者であるところの聞き手もまた、彼の英知のなかに参加して行くについての手懸かりは、すでに与えられているのであった。

しかし、この英知の人もまた、肉体を享けて生きて来たのであったから、〈自然の諸法則〉にのっとらなければならなかった。
ミシェルは死をも一つの自然事として愛そうとさえつとめるのであった。

彼は最初期の、〈哲学とは如何に死すべきかを学ぶことである〉という章に、最晩年にいたって次のように書き加えている。

〈私はありがたいことに、いつなんどき神様のおぼしめしがあっても、何も心残りもなくこの世を立ち去ることが出来る。もっとも生命だけは別で、それを失うことが私の心を重くするのは、これはもう何とも仕方がない。私は一切のものから解き放たれている。私自身を除いて、みんなに半ばお別れをすましている。〉

と。

彼は好んで〈一つの生命が崩壊するのは、他の多くの生へ推移して行くことである。〉と考えていたようであったが、この〈崩壊〉については、〈老齢によって徐々に死の方に導かれて行く途中、不意にわれわれに訪れる死は、あらゆる死のなかでももっとも軽やかな、またいささか心地のよいものである。〉と……。
永いあいだにわたって、余程の思索と努力とが伴っていなければ、これは到底口にも筆にも出来がたい言葉であろう。口調にはある種の爽快さまでがある。

（『ミシェル　城館の人　** 精神の祝祭』）

先生は、一つの仕事が終わり、本が出版されると、使った資料すべてを書斎から出し、書庫へ移していました。次の仕事に取りかかるまで、書斎の机の上は原稿用紙と文房具だけが残されていました。昔の作品について聞いても、

「忘れた」としか言いません。

モンテーニュさんの言葉、

「私は一切のものから解き放たれている。私自身を除いて、みんなに半ばお別れをすましている」は、先生の遺言であるのかもしれません。

「忘れた」とは、言わないでください。

先生、武田先生が亡くなったときの弔辞を覚えてますか。梅崎春生氏に、椎名麟三氏に、武田泰淳氏に、野間宏氏に、埴谷雄高氏に、中村真一郎氏に、もう自然に挨拶をすませたのでしょうね。

「やぁ」と手を挙げて。

おわりに

冬。

毎年、年末になると、父は原稿用紙を折りたたみ、鋏を入れ、御幣を作ります。玄関に飾る若松に添えるためです。

お供え餅には、半紙の代わりに父が原稿用紙を敷きます。書斎に新しい原稿用紙を用意して、父は新年を迎えます。

春。

紅梅が咲き始めると、もうすぐ春です。父は、晩年逗子の家の庭に紅梅の木を植え、家の中から毎日眺めていました。少し寂しそうな横顔でした。

四月、桜が咲きます。満開の桜の花は、父を元気にします。

夏。

暑い日が続くと、母の運転する車に、本や資料、書斎道具一式を載せて、蓼科の山荘に移動します。初秋まで、ここで仕事をします。どこへも行きません。

秋。
山荘のベランダに黄葉、紅葉が降りしきるようになると、逗子の家に戻ります。
「もうすぐお正月ですね」と、しきりに言います。なぜか、正月の行事や、おせち料理が好きでした。

思い出は尽きません。

書きたかったことも、書けなかったこともありました。書かなかったこともあります。楽屋話の嫌いな父でした。楽屋裏のそのまた裏は、書かないことにいたしました。ご勘弁ください。

この稿に登場しなかった家族、兄がいます。学生時代に父の仕事の手伝いに来て以来、わが家に寄宿し、その後父母と養子縁組をし、私の兄となった人です。勤めの傍ら、父の仕事を手伝い、ある意味父の黒子に徹した人でした。父の著作の中には、兄がいなければ出来上がらなかった作品もあります。亡き兄・佐久夫の存在があったからこそ、私は自由でした。
夫・松尾俊之に感謝の意を表したいと思います。父の回想などという大仕事に七転八倒する私を、傍で黙って見守ってくれました。

元筑摩書房・岸宣夫さんには、言葉にならないほどお世話になりました。父の担当編集者として三〇年、父亡き後に著作権を継承した私の出版関連の相談役として二〇年。この稿を書くにあたっても、数々のアドバイスをいただきました。

父・堀田善衞のことを書きませんかと勧めてくださった岩波書店・奈倉龍祐さんには、心からの謝意を表したいと思います。奈倉さんの勧めがなかったら、自ら書こうなどと思いもしないことでした。一年余にわたって、拙い私の原稿に併走してくださり、褒め上手、適切なアドバイス、決して催促しない、素晴らしい編集者に私は出会うことができました。

そして、読んでくださったみなさま、本当にありがとうございました。

二〇一八年七月　蓼科にて

堀田　百合子

堀田百合子

1949年，神奈川県生まれ．堀田善衞長女．慶應義塾大学卒業．
エッセイに「諸君、もう寝ましょうか。」(日本エッセイスト・クラブ編『日本語のこころ――'00年版ベスト・エッセイ集』所収，文春文庫，2003年)など．

ただの文士 父、堀田善衞のこと

2018年10月12日　第1刷発行
2018年11月26日　第2刷発行

著　者　堀田百合子《ほったゆりこ》

発行者　岡本　厚

発行所　株式会社 岩波書店
〒101-8002 東京都千代田区一ツ橋2-5-5
電話案内 03-5210-4000
http://www.iwanami.co.jp/

印刷・法令印刷　カバー・半七印刷　製本・牧製本

ISBN 978-4-00-061295-1　　Printed in Japan